ULYSSES MOORE

Ulysses Moore

~ Villa Argo ~

Kilmore Cove Cornwall

EL PAÍS DEL HIELO

ULYSSES MOORE

Traducción de
María Lozano

montena

El papel utilizado para la impresión de este libro ha sido fabricado a partir de madera procedente de bosques y plantaciones gestionadas con los más altos estándares ambientales, garantizando una explotación de los recursos sostenible con el medio ambiente y beneficiosa para las personas. Por este motivo, Greenpeace acredita que este libro cumple los requisitos ambientales y sociales necesarios para ser considerado un libro «amigo de los bosques». El proyecto «Libros amigos de los bosques» promueve la conservación y el uso sostenible de los bosques, en especial de los Bosques Primarios, los últimos bosques vírgenes del planeta.

Título original: *Il paese di ghiaccio*
Publicado por acuerdo con Edizioni Piemme, S.p.A.
Adaptación del diseño de la cubierta: Random House Mondadori / Judith Sendra

Segunda edición: junio de 2014

Texto de Pierdomenico Baccalario
Diseño de cubierta e ilustraciones del interior de Iacopo Bruno

Printed in Spain – Impreso en España

ISBN: 978-84-8441-695-1
Depósito legal: B-4.308-2011

Compuesto en Fotocomposición 2000, S. A.
Impreso en Limpergraf
Pol. Ind. Can Salvatella
c/ Mogoda, 29-31
08210 Barberà del Vallès

Encuadernado en EGEDSA

GT 1 6 9 5 1

Queridísimos amigos y amigas:

Después de un largo período de silencio, os escribo para intentar aclarar algunos posibles equívocos.

Para empezar, muchos me han preguntado cuál fue la reacción de Ulysses Moore ante la publicación de sus diarios: la respuesta es que no lo sé porque no he tenido nunca la suerte de encontrarme con él. Otros me han hecho notar que la dirección de la sede de los Incendiarios, en Londres, no corresponde a la verdadera. Pues a esos listillos les digo que he utilizado una dirección ficticia a propósito por obvios motivos de seguridad. También quisiera subrayar que no vivo, ni he vivido nunca, en los lugares de los que se habla en los libros precedentes. Como consecuencia, las descripciones de un hipotético encuentro mío con la señora Bloom han de considerarse puramente literarias.

Por último, deseo aprovechar estas páginas para comunicarle a Fred Duermevela que ha olvidado en mi casa su pijama y su cepillo de dientes. Está invitado, por lo tanto, a presentarse donde-él-sabe- lo antes posible, para recuperar sus efectos personales.

Vuestro amigo,

Pierdomenico Baccalario

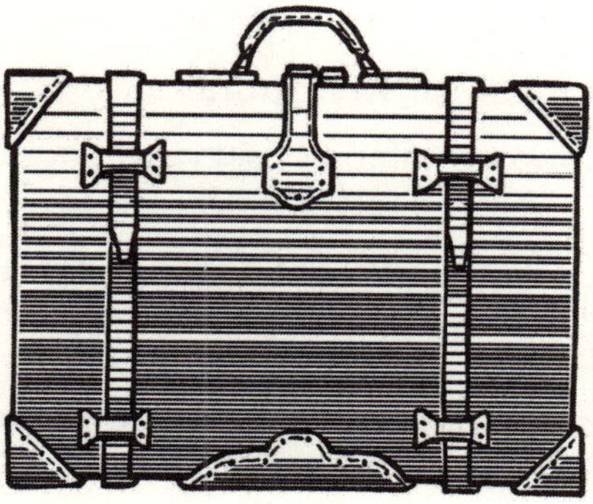

Capítulo 1

El NÁUFRAGO

No había más que mar a la vista. Una extensa planicie, gris y helada como la hoja de un cuchillo. Pero no tan rígida. El mar oscilaba con un movimiento rítmico, sin fin. Arriba y abajo, arriba y abajo…

La monotonía de aquella escena quedó interrumpida por un movimiento rápido e inesperado. Algo blanco. Una gaviota. El graznido estridente, las alas desplegadas para aprovechar las corrientes de aire. Después el ruido sordo de la zambullida: la gaviota se había lanzado en picado, traspasando la superficie del agua para apresar un pez de reflejos plateados. El cielo se quedó inmóvil. Gris y celeste. La pálida luz diurna se filtraba por entre los gruesos desgarrones del manto de nubes como a través de las vidrieras de una catedral. Tommaso Ranieri Strambi tardó algunos minutos en darse cuenta de que no estaba observando aquella escena desde el exterior.

Estaba dentro de ella.

En el mar gélido y gris.

Entre las olas, que lo arrullaban lenta y suavemente, arriba y abajo.

Oyó de nuevo aquel chillido estridente, esta vez más distante, y vio la gaviota, que se alejaba volando con un pez en el pico. Después se despertó bruscamente de aquella especie de sueño algodonado y las imágenes que lo rodeaban se rompieron, como una placa de hielo hecha pedazos de repente.

Tommaso se encontró bajo el agua.

El cielo fue sustituido por una masa líquida de un intenso verde oscuro. La ropa empapada y pesada lo estaba arrastrando hacia abajo.

Como paralizado por el mordisco de aquel hielo líquido que le oprimía las sienes, alzó la mirada. Y vio una serie de minúsculas islas que flotaban en la superficie del mar. Libros. Una maleta. Una mecedora. Una mesita. Vio que se hacían pequeñas, mientras él se hundía cada vez más.

Un pez se deslizó a pocos metros de él y bajó en picado a las profundidades del océano. Solo que quizá no era un pez. Era demasiado voluminoso para ser un pez. Parecía… ¿un piano de cola? ¿En medio del mar?

Los recuerdos se sucedían uno tras otro, como descargas eléctricas. Tommaso volvió a ver la riada de barro que lo arrollaba en la librería de Calypso. Una montaña de agua que lo arrastraba hacia fuera. Un momento antes estaba intentando convencer a los Flint de que no usaran la llave de la ballena. Inútilmente.

Decidió tratar de mover los brazos. Con un golpe de riñones consiguió ascender medio metro hacia la superficie. Los objetos que flotaban en aquella sutil película móvil suspendida sobre su cabeza dejaron de empequeñecerse durante un momento.

Dio otra brazada a la vez que se impulsaba con las piernas. Repitió aquel gesto, al principio de forma torpe y mecánica, después con un movimiento cada vez más ágil. Necesitaba llenar de nuevo los pulmones de aire urgentemente.

Mientras nadaba, recordó que el agua lo había levantado del suelo y lo había arrastrado rodando. Recordó un remolino de manos y piernas, y recordó que no estaba solo en aquella confusión. También estaban los primos Flint. Y la chica que servía en la barra. ¿Cómo se llamaba? No había leído nunca su nombre en los libros de Ulysses Moore.

Lentamente, empezó a subir hacia la superficie y vio los rayos del sol que se filtraban a través del agua, aunque todavía no podía sentir su calor. Los pulmones, ahora, le ardían, y tenía los ojos doloridos.

¿Cómo había llegado mar adentro?

Como mucho podía imaginárselo: la riada debía de haberlo arrastrado por las calles de Kilmore Cove junto con los objetos que veía flotar por encima de él. A medida que se acercaba, fue reconociendo las mesas del chiringuito de la playa, las sillas, las sombrillas. Pero también cosas más extravagantes: varios paraguas, un bombín, dos mesillas de noche, una lámpara, armazones de muebles, toldos.

Tommaso Ranieri Strambi salió a la superficie emitiendo algo parecido a un grito. Abrió la boca de par en par y, por fin, respiró ávidamente, con furia. Después se quedó flotando, haciéndose el muerto, con la frente vuelta hacia el sol. Por último, cuando estuvo seguro de que seguía con vida, rompió a reír.

Miró a su alrededor y no vio más que mar. Ninguna línea de costa, ni siquiera una barca en el horizonte, nada de nada. A pocos metros, sin embargo, distinguió una enorme maleta de piel que flotaba como una boya, un poco por encima y un poco por debajo de la superficie del agua.

Le pareció reconocerla. Se acordó de que, en la oscuridad de los últimos instantes, se había aferrado a algo blando y sólido a la vez que lo protegió de los golpes mientras lo mantenía a flote cuando todas las demás fuerzas intentaban arrastrarlo hacia el fondo.

Dio un par de brazadas y alcanzó el objeto que probablemente le había salvado la vida. Era más o menos tan grande como él. Se subió encima. La maleta se hundió unos centímetros y se estabilizó de nuevo en el agua, sujetándolo.

«Qué desastre», pensó Tommaso, contemplando desolado los restos esparcidos en la superficie. Tras observar el color del agua, logró establecer en qué dirección podría hallarse la costa: donde estaba más sucia y llena de cosas a la deriva. También intentó averiguar qué hora era a partir de la posición del sol, como un perfecto boy-scout. Pero no lo consiguió.

Entonces su mente regresó a todo aquello que le había sucedido en los últimos días. Dirigió un pensamiento fugaz a sus padres, en Venecia, e imaginó lo preocupados que estarían. Después pensó en Anna, perdida en algún lugar de los Pirineos. Y por último pensó que Julia Covenant, la hermana gemela de Jason, era mucho más alta de lo que él se había imaginado.

Esperó a que un perchero pasase cerca de su maleta-salvavidas, lo agarró y comenzó a usarlo como si fuera un remo. Intentó remontar la corriente, dirigiéndose hacia la zona de horizonte en la que, según él, debía de encontrarse la costa.

Mientras remaba torpemente, descubrió que hacerlo en mar abierto resultaba mucho más cansado que en la laguna de Venecia. Si se paraba unos segundos para recuperar el aliento, volvía al punto de partida.

Ocasionalmente, cuando que algo se hundía bajo la superficie, se oía como una zambullida sorda. Por un momento le pareció que el bulto que antes había creído identificar como un piano que se iba al fondo era, en realidad, una criatura marina. Una ballena. O un tiburón.

«No hay tiburones por aquí», se dijo. Pero después se acordó de que el guardián del faro de Kilmore Cove había sido atacado por un tiburón justo en ese mismo mar.

Cerró los ojos y se apartó de la frente el pelo pegado y cubierto de arena. Luego volvió a inclinarse sobre su remo improvisado y comenzó a remar tercamente.

Fue hacia delante durante diez minutos, un cuarto de hora como mucho, hasta que se dio cuenta de que estaba completamente exhausto. Tenía la sensación de que la cabeza iba a estallarle y le pitaban los oídos. El remo se le resbaló de las manos y cayó al agua. Intentó agarrarlo desesperadamente, pero era como si su cuerpo no le obedeciera.

Se dejó caer en la maleta, la abrazó para no terminar en el agua y se dijo: «Solo un momento. Descanso solo un momento y después…».

Un momento después se desmayó, mientras la corriente lo arrastraba agarrado a su chalupa de piel negra.

Capítulo 2

Los **HIJOS** *del* **VIENTO**

Seis pares de piernas corrían rapidísimo por la carretera litoral de Kilmore Cove. Más abajo, a la altura del puerto, un río de agua y fango desembocaba aún con fuerza en el mar después de haber arrollado todo lo que había encontrado en su camino. El agua había empezado a brotar del barrio viejo y desde allí se había dirigido impetuosa hasta la calle principal, transformándola en el lecho de un torrente tumultuoso.

La riada, de al menos dos metros de altura, lamía ferozmente los pies de la estatua de William V, en precario equilibrio sobre su pedestal en el centro de la plaza principal. Más allá, había golpeado de refilón gran parte de los edificios que daban al paseo marítimo y había barrido literalmente la posada de la playa con sus mesas, mesitas y buena parte del porche. En la bahía solo se veían embarcaciones volcadas, amarras rotas, redes desparramadas en el agua y cientos de restos flotantes de toda especie.

Los seis corredores en el acantilado no hablaban. Corrían con la mirada fija en aquella devastación, concentrando sus últimas energías en la carrera.

A la cabeza del grupito estaba Jason Covenant, con el pelo largo y despeinado y la ropa sucia y desgarrada a causa de los saltos y de las caídas de los últimos días. Su mirada era fría y resuelta, sus movimientos, fluidos y perfectos, como los de un actor famoso.

Detrás de él corría Anna Bloom, la chica de Venecia, con su larga melena morena al viento y los ojos abiertos de par en par por el miedo.

Les seguían la hermana de Jason, Julia, de figura esbelta y paso seguro a pesar de la fiebre de los últimos días, y Rick Banner, el de la luminosa cabellera pelirroja, con los labios esbozando un perenne interrogante y el físico entrenado de un ciclista casi profesional.

Cerraba el grupo una extravagante pareja de hombres de mediana edad, que corrían detrás de los chicos más porque se habían visto obligados a hacerlo que por su propia voluntad. Tan solo dos días antes vestían trajes elegantes y bien cortados, llevaban mocasines relucientes y exhibían un rostro rasurado y perfumado. Ahora, en cambio, el rubio (que mantenía orgullosamente una ligera ventaja sobre el otro) tenía las mejillas cubiertas por una hirsuta barba de días, descuidada e hirsuta, los pantalones rotos a la altura de las rodillas y los zapatos prácticamente sin suela, mientras el de rizos (que iba cojeando pocos pasos más atrás) había perdido la manga derecha de la chaqueta de sastre y en la cabeza lucía unos mechones ondulados y pegajosos que, por su forma y volumen, recordaban una nube de algodón de azúcar.

Al borde de la carretera los matorrales de plantas trepadoras vibraban fustigados por el fuerte viento que azotaba el acantilado. A medida que el grupo se acercaba al pueblo, el estruendo de fondo aumentaba de volumen y comenzaban a distinguirse también los gritos de los habitantes.

Cuando llegaron a la última curva cerrada, Julia frenó bruscamente.

–¡Chicos! ¡Quietos! ¡Esperad un momento, por favor! –suplicó.

Se apoyó contra el tronco de un arbusto silvestre que crecía al lado de la carretera, respirando con fatiga. Pocos pasos más allá, los rododendros que trepaban a lo largo de la colina tenían el mismo color del mar que se extendía a los pies del acantilado.

–¿Se puede saber qué pasa? ¡Ahora que casi hemos llegado! –exclamó Jason con desaprobación, aminorando el paso a su pesar.

Por toda respuesta, Julia se dejó caer al suelo y metió la cabeza entre las rodillas.

–Madre mía... –jadeó–. Me parece que voy a reventar.

–¡Pero si solo han sido un par de curvas! –replicó enseguida su hermano.

–¡Sí, pero yo he tenido tos ferina! –respondió Julia, enfadada, antes de verse interrumpida por un violento ataque de tos.

En la mirada de Jason se leía una mezcla de desilusión y perplejidad.

El grupo se colocó en semicírculo alrededor de Julia, esperando a que se repusiera para proseguir.

–¡Eh! ¿Lo oís también vosotros? –preguntó súbitamente Rick.

A lo lejos, se oía el tañido de una campana. Las campanadas eran cada vez más fuertes e insistentes, como si quisieran señalar un peligro inminente.

–Es la iglesia de St. Jacobs... –murmuró Jason. Después dio unas palmadas, impaciente, y exclamó–: ¡Venga, vamos! ¡Tenemos que ir a ver qué pasa!

El gemelo de rizos, sin embargo, hizo la señal de «tiempo muerto» y señaló a Julia.

–Calma, chico. Yo estoy de acuerdo con tu hermana: vamos a tomarnos un minuto de descanso.

Jason lo escudriñó con los ojos reducidos a apenas una ranura. Aunque ahora se hicieran pasar por sus amigos, esos dos no dejaban de ser Incendiarios. O, lo que era lo mismo, enemigos potenciales. Alzó los brazos con gesto impotente.

La campana de la iglesia seguía repicando como loca. Y el estruendo del agua que corría por las calles no había disminuido un solo decibelio.

–Yo no puedo esperar… Podrían necesitar ayuda –los apremió Jason, sin dejar de moverse arriba y abajo por el reluciente asfalto–. Nos vemos en la iglesia, Julia. Cuando puedas…

Por toda respuesta, su hermana tosió sin parar una docena de veces.

Rick miró a su alrededor, indeciso. Él también habría querido correr hasta el pueblo para asegurarse de que su madre estaba bien. Después miró a Julia y pensó que no podía abandonarla en ese estado. De la calle principal, a la derecha, salía una callejuela. El cartel dibujado a mano señalaba que se trataba de Humming Bird Alley, o sea, la calle que conducía a la casa del doctor Bowen.

–Si eso, puedo ir a llamar al médico…

Julia le lanzó una mirada fulminante.

–¡No necesito ningún médico! –protestó tosiendo–. Solo tengo que… tomar aliento. Y además, imagino que el doctor habrá bajado al pueblo.

–O puede que no se haya dado cuenta de nada –replicó Rick–. ¡Y es por eso por lo que el padre Phoenix está tocando las campanas!

Julia tosió otra vez.

–En cualquier caso, visto que estamos aquí parados –añadió Rick–, no nos cuesta nada subir a llamarlo. –Luego se volvió hacia los dos Incendiarios y Anna, que todavía trataba de decidir si seguir o no a Jason–. Id vosotros, mejor. Nosotros os alcanzamos ahora mismo.

Anna no se lo hizo repetir dos veces y se lanzó en pos de Jason mientras Rick y una contrariada Julia empezaban a subir la callejuela que llevaba a la casa del doctor.

Una vez solos, los dos Incendiarios intercambiaron una larga mirada cargada de preocupación.

–¡Pero quién nos mandará meternos en estos líos! –exclamó el rubio.

–Nuestro jefe podría estar bajo aquella montaña de agua... –le recordó el del pelo rizado.

–Pues eso. Si se entera de lo que hemos hecho...

–Y sobre todo de lo que *no* hemos hecho...

Permanecieron en silencio unos instantes, mientras a su alrededor los rododendros ondeaban lentamente.

–Pues sí. Y si nos pregunta qué hacemos aquí, visto que nuestro coche está en el aeropuerto de Londres y hemos cogido un vuelo para Tolosa, ¿qué le decimos?

El de ricitos se rascó la cabeza de forma audible.

–Hummm... Pues tendremos que inventarnos algo realmente creíble. Lo que, dadas las circunstancias, no será nada fácil.

–«Es necesario recitar siempre como si fuera la primera vez: hay que volver a encontrar las palabras» –replicó el rubio.

El Incendiario de pelo rizado se puso inmediatamente en alerta.

–Espera, espera... ¿Quién ha dicho eso? ¡Creo que lo tengo! ¿Es un actor?

El rubio se limitó a sonreír y volvió a arrastrar los pies sobre el asfalto, en dirección al pueblo.

–¿Un director? ¿Un compositor? ¿Un músico de jazz? –continuó el otro, cojeando detrás de él.

Poco después llegaron a unas escaleras que bajaban hacia lo que quedaba de las calles empedradas de Kilmore Cove. Al final de las escaleras había tres figuras cubiertas de barro de pies a cabeza: una estaba como pegada contra una farola, mientras las otras dos se hallaban abrazadas a la cabecera de latón de una cama, encajada de través entre los quitamiedos de la carretera.

–Mira, mira quién anda por ahí... –dijo de repente el rubito, observando con atención aquel amasijo de barro–. ¿Me equivoco o aquellos son los tres delincuentes que encontramos aquí la útima vez?

–¡Ya lo tengo! –exclamó el de rizos, que no lo estaba escuchando–. Lo dijo Dario Fo, el premio Nobel italiano.

El rubito sacudió la cabeza, divertido.

–Fue Shakespeare –dijo–, que, inexplicablemente, nunca ganó un premio Nobel.

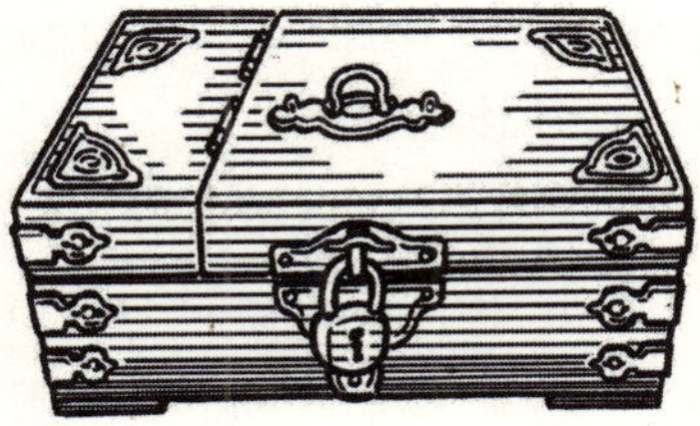

Capítulo 3
ALGUIEN *que* CONSPIRA

Nestor fue cojeando hasta el patio de Villa Argo. La pierna le dolía más que nunca, pero no hacía caso: estaba totalmente conmocionado.

Y no por lo que estaba sucediendo en el pueblo. La idea de qué era lo que había causado la inundación o de las consecuencias de la riada ni siquiera le había pasado por la cabeza. Había cruzado el parque de árboles seculares de la cima del acantilado sin echar una sola ojeada a la masa de agua que seguía arrastrando consigo hacia el mar tanto cosas como personas.

Moviéndose como un autómata, había entrado en casa y se había dirigido a la mesa, había apoyado en ella la carta de su mujer y la había leído una segunda vez, permaneciendo de pie, inclinado sobre la misiva, con una expresión de incredulidad en el rostro desencajado.

«¿Viva?» Había pasado los últimos años de su vida llevando flores a una tumba que no tenía razón de ser. Y consumiéndose de angustia por una desaparición... ¡de la que nunca hubo pruebas concluyentes!

Nestor se llevó la mano a la boca instintivamente, intentando no dejarse arrastrar por aquella revelación tan desconcertante que lo había dejado sin aliento. Penelope, aquella noche, no se había... caído por el acantilado. Había bajado a la gruta que se abría bajo Villa Argo con un globo aerostático proyectado por Peter, después de confesarse con el padre Phoenix.

Ambos lo sabían y ninguno le había dicho nada. ¿Por qué?

«Alguien... que no estaba completamente de acuerdo con tu proyecto. Alguien que tramaba en la sombra.»

Penelope le estaba diciendo, años atrás, que sospechaba que había un traidor entre los amigos del Gran Verano. Pero ¿quién podía ser?

–Pero... ¿por qué no me has hablado nunca de ello? ¿Por qué?

Pero Nestor conocía la respuesta.

Se acercó una silla y se sentó. El teléfono de baquelita negra, a sus espaldas, se puso a sonar furiosamente, pero él ni siquiera se dio cuenta.

–Ya no te fiabas de mí. Era yo quien conspiraba en la sombra.

El viejo jardinero sacó cuatro llaves del bolsillo: había hecho que los chicos se las dieran antes de bajar al pueblo. «Tengo que comprobar una cosa», les había dicho, aunque no era verdad. Lo único que quería hacer era abrir la Puerta del Tiempo de Villa Argo e ir a buscar a Penelope.

Colocó las cuatro llaves sobre la mesa, delante de él: aligátor, bisbita, rana y erizo. Con aquellas mismas llaves, muchos años antes, Nestor y su padre habían viajado hasta la Venecia de 1751.

Solo que no era el 1751 de la historia. Era una Venecia fuera del tiempo, una chispa de belleza inmutable e incorruptible, que se había separado de la Venecia real y no se había transformado nunca en una ciudad moderna, invadida por turistas maleducados, lanchas a motor y bolsas de plástico que flotaban impertinentes en las aguas verdosas de los canales.

Era la Venecia perfecta, del mismo modo que Kilmore Cove era el pueblo perfecto de un Cornualles imaginario. Dos lugares a los que era imposible llegar si no se tenía coraje suficiente para emprender un viaje por las sendas de los sueños.

En aquella Venecia, Ulysses Moore se había enamorado de la mujer perfecta. Se había casado con ella y se la había llevado consigo. No habían tenido hijos, pero habían viajado por todo el mundo, llenando Villa Argo de objetos fantásticos procedentes de lugares aún más fantásticos. Habían franqueado las Puertas del Tiempo infinidad de veces, solos o en compañía de sus amigos. Eran los amigos de Ulysses, pero rápidamente se habían convertido también en los amigos de Penelope: el indomable Leonard, el rudo Black, el genial Peter y muchos otros. Había fundado, en los salones de Villa Argo, aquel Club de los Viajeros Imaginarios que su abuelo había clausurado en Londres muchos años antes.

«La imaginación no es patrimonio de todos», decía siempre Penelope cuando se reunían para planear un nuevo viaje. Y, de hecho, no todos los amigos habían seguido siendo, como ellos, unos soñadores incorregibles. Algunos habían preferido crecer, convertirse en adultos responsables y dejar de fantasear para siempre sobre las maravillas del otro lado de las Puertas del Tiempo. Como el padre Phoenix, que ahora era el párroco de la iglesia del pueblo, o las dos hermanas Biggles, Cleopatra y Clitemnestra, que habían tenido hijos y gatos a los que cuidar.

Los recuerdos pasaron velozmente ante los ojos de Nestor, empañados por una dolorosa nostalgia. El viejo jardinero aferró el cofre que contenía las otras llaves del tiempo y las puso junto a las cuatro que le habían dado los chicos. Pasándose las llaves entre los dedos, se concentró en los detalles de la noche en que perdió a su mujer.

Peter había huido hacía poco tiempo a Venecia, mientras que Black se había ido con la intención de esconder para siempre aquel cofre que ahora se encontraba en el centro de la mesa. Leonard y Ulysses habían tenido su enésima discusión: Leonard insistía en mantener las puertas abiertas y seguir indagando, mientras que Ulysses quería zanjar aquel asunto de una vez por todas. Y Penelope no conseguía que la escucharan.

Nestor apoyó el mentón entre las manos.

–Idiota, más que idiota… –se dijo a sí mismo–. No supiste escucharla y la perdiste.

Después, el recuerdo del momento preciso en que la vio por última vez llegó hasta él con la contundencia de un puñetazo en plena cara.

Había tormenta. Penelope se había puesto un abrigo de entretiempo y había salido de la cocina de Villa Argo. Llovía agua helada. Los rayos aclaraban intermitentemente el cielo nocturno.

Nestor no la había seguido. Se había servido un vaso de brandy y había esperado a que volviese a casa. Le habría pedido perdón por haber levantado la voz. No soportaba que ella le diera siempre la razón a Leonard. Solo que Penelope no había vuelto.

Al final Nestor había salido al porche situado delante de la cocina y la había llamado una y otra vez, pero la única respuesta fue el estruendo incesante de la lluvia. Cada vez más nervioso, había llamado por teléfono a los demás. «¿Habéis visto a Penelope?» «¿Ha pasado por tu casa?» «¿Ha ido a su casa, señora Bowen?»

No.

No.

Y de nuevo no.

Así que, cuando salió a buscarla, ya era demasiado tarde. La lluvia le caía directa y fría en la espalda. El jardín parecía un cuadro de Van Gogh. ¿Dónde se había metido Penelope? El sidecar estaba en el garaje. Las bicicletas también. La verja seguía cerrada. Los tragaluces de la buhardilla de Villa Argo estaban oscuros. Quedaban solo…

Las escalerillas del acantilado.

Nestor cerró los ojos. Aún recordaba perfectamente el ruido del abrigo de entretiempo de Penelope chasqueando al viento. Se había quedado enredado en un saliente de roca.

Los escalones estaban mojados y resbaladizos. Al bajar corriendo, Nestor había estado a punto de caerse varias veces. Seguía llamando a Penelope, pero solo le respondía el negro bramido del mar.

Aquella noche Nestor no la encontró. Al día siguiente, el doctor Bowen descubrió rastros de sangre en el acantilado.

El jardinero alzó la cabeza de golpe. «Alguien que trama en la sombra», se dijo. Y salió de casa.

Capítulo 4
Un **MAR** *de* **FANGO**

De repente, la riada se retiró tal y como había llegado.

Al amainar la corriente, la plaza de la iglesia de St. Jacobs se transformó en un vaivén de personas que salían renqueando del fango. La masa de agua que había surgido del barrio viejo había atravesado todas las callejuelas que salían de la plazoleta a la que daban la librería y la oficina de correos, y había golpeado el lado izquierdo de la iglesia, haciendo que las salpicaduras se alzaran hasta casi el tejado. Después había bajado corriendo por la avenida principal, dejando tras de sí un rastro fangoso de tierra, algas y peces escurridizos.

Una especie de gigantesco brochazo atravesaba las paredes de las casas. Los tiestos, las contraventanas y todo lo que se encontraba por debajo del primer piso se lo había llevado el agua.

Jason y Anna se pararon a mirar, incrédulos.

El portón de la iglesia se abría de directamente sobre un enorme pantano de fango resbaladizo. Remolinos de agua sucia bajaban lentamente hacia el mar, llevando consigo páginas arrancadas, anclas de madera, macetas de arcilla hechas añicos. Había restos de libros por doquier: en las puertas de las casas, pegados a las paredes, encima de las terrazas del segundo piso.

–Ven –dijo Jason de repente, bordeando la plaza desde el lado más alto para dirigirse a la iglesia.

Anna lo siguió sin rechistar. De fondo se oían gritos y lamentos, ruidos repentinos de portones y ventanas que se abrían de par en par, cláxones y neumáticos que giraban sin cesar en aquel pantano. En la parte alta de la plaza, el barro llegaba a la altura de los tobillos, en algunos tramos alcanzaba incluso las rodillas.

Anna miraba a su alrededor, preocupada, intentando reconocer el rostro de su padre o el de Tommy entre las personas que daban vueltas como espectros en medio de aquella devastación.

Entraron en la iglesia después de una extenuante travesía. En el suelo había un dedo de agua que algunas mujeres ya habían comenzado a barrer con las escobas de sorgo. El padre Phoenix, mientras tanto, daba órdenes desde el altar.

–¡A la enfermería! ¡Rápido! Estamos preparando las camillas en la clínica del otro lado de la avenida –decía desgañitándose a quienquiera que se acercase.

Había quien se sujetaba un brazo, otros la frente. Algunos de los heridos más graves estaban tumbados en los bancos de la iglesia. Un coro de gemidos y lamentos se elevaba entre las naves.

Nadie sabía decir con exactitud qué era lo que había sucedido: veinte minutos antes, de la nada, se había alzado una montaña de agua que había arrasado prácticamente con todo.

–¿Hay algo que podamos hacer? –preguntó Jason cuando consiguió llamar la atención del sacerdote.

–¡Tenéis donde elegir! ¡Podéis ayudarme a mover los bancos, acercaros a la clínica para ver cómo se las apañan con las camillas o subir al pueblo a controlar que no se haya quedado nadie atrapado en el barro! ¡Pero, por lo que más queráis, haced algo!

Dicho lo cual, el padre Phoenix se subió las mangas de la túnica y levantó el banco de la primera fila, poniéndolo a un lado como si fuese de juguete.

Anna y Jason decidieron ir a comprobar la situación en el barrio viejo, de donde había partido la riada. Se encaramaron por las callejuelas llevando cuidado de no resbalar, hasta que les pareció oír unos gritos no muy lejanos. A decir verdad, eran tan estridentes que habría resultado completamente imposible ignorarlos.

Los chicos se abrieron paso entre los restos arrastrados por la corriente y alcanzaron la pequeña explanada adonde daba la casa de la anciana la señorita Biggles.

Ciertamente, la furia de las aguas no la había pasado por alto: había doblado la enorme farola como si fuera una barra de regaliz y arrancado de cuajo la barandilla de la terraza del primer piso. Las ventanas de la planta baja habían cedido y el agua había invadido cocina y salón, llevándose consigo ollas, platos e incluso el gran sofá de flores, que ahora estaba encajado de través en el fondo del callejón.

La señorita Biggles había trepado hasta el tejado, desde donde estaba gritando a pleno pulmón rodeada de un ejército de gatos maulladores.

Jason la llamó e intentó hacerla entrar en razón, pero por más que insistió no hubo manera de que la anciana le hiciese caso.

–¡De nuevo el agua! ¡De nuevo! –sollozaba ella, desesperada. Se sonó la nariz y dio unos cuantos tumbos, resbalando con el trasero por el tejado hasta casi el alero.

Un par de gatos saltaron entre las tejas y olisquearon desconfiados lo que quedaba de la terraza que antes se hallaba situada debajo de donde se encontraban.

–¡Por todos los santos, Ottaviano, vuelve aquí enseguida! ¡Marco Aurelio, no! ¡Quedaos cerca de mí!

–¡Señorita Biggles, ahora voy a cogerla! –volvió a intentarlo Jason–. Todo ha terminado. ¡El agua se ha retirado!

–¡Y con ella, mi casa! –gimió de nuevo la mujer.

En efecto, de la planta baja quedaba bien poco, excepto un mosaico de páginas de libros pegadas un poco por todas partes.

Desde el tejado, uno de los canalones emitió un chirrido preocupante.

–¡Quédese ahí, señorita Biggles! –gritó Jason–. ¡Voy enseguida!

Adentrarse en el barro que había invadido toda la planta baja fue una verdadera odisea, pero, al final, Anna y Jason lograron subir, agarrados de la mano, por la escalera interna que conducía al primer piso y, desde allí, fueron hasta el desván. Una vez en el desván, Jason salió al tejado y, entre los bufidos enfurecidos de los gatos, intentó convencer a la señorita Biggles de que fuera hacia él. Después de unos interminables minutos de negociaciones, la anciana señora accedió a entrar en casa.

–Bendito chico –suspiró, mientras se dejaba llevar escaleras abajo como si fuera un peso muerto–. Esta vez creía que el agua nos arrastraría a todos.

–¿Esta vez, señora? –le preguntó Jason, mientras sudaba las proverbiales siete camisas para ponerla a salvo.

–¡Oh, sí! ¡Tú eres muy joven, pero ya había pasado! Y de manera idéntica para más inri: un momento antes todo va bien y el siguiente… ¡llega un río de agua sucia que se lo lleva todo!

Salieron al exterior, bajo el débil sol, tambaleándose. Los gatos, embadurnados de barro hasta las orejas, los siguieron dando saltitos nerviosos.

–Por aquí, señorita Biggles... –Anna y Jason abrieron camino hasta la clínica.

–¡Oh, cielos! ¡Mi sofá bueno!

–¡No se preocupe, ya verá como lo arreglaremos! –intentó reconfortarla la chica, sonrojándose un poco por aquella pequeña mentira.

Caminaron en el barro como tres patos, salpicando por todas partes y perdiendo continuamente el equilibrio, y por fin llegaron a las proximidades de la clínica. Frente al portón se había reunido ya una una multitud. Un cartel no demasiado reconfortante rezaba:

CLÍNICA PINKLEWIRE
MÉDICO VETERINARIO

Pero era el único espacio lo suficientemente grande para instalar las camillas para los heridos.

–¿Está segura de que ya había pasado? –le preguntó de nuevo Anna, mientras la acompañaba hacia la entrada.

–Oh, sí. Hace muchos, muchos años –recordó la señorita Biggles, dejándose guiar–. Solo que aquella vez había mucha menos agua... y además era domingo. Domingo por la tarde. Y prácticamente no se dio cuenta nadie hasta el día siguiente. Mis gatos y yo sí, a decir verdad, pero... ¡a nosotros nadie nos hace caso nunca! –Después, señalando una casa que daba al paseo, añadió–: Es más, ¿veis allí abajo? Aquel domingo el señor Thompson desayunó y salió de casa como si nada. ¡Ni tan siquiera se dio cuenta de que tenía peces nadándole entre las rodillas!

–¿Peces?

–¡Peces así de grandes! –repitió la señorita Biggles, soltándose de los dos chicos para abrir los brazos.

–¡Cuidado, señorita Biggles! –le advirtió Jason, agarrándola un momento antes de que terminase patas arriba en el fango. Luego, sin embargo, como fulminado por una idea imprevista, metió la mano en uno de los riachuelos de agua y se la llevó a los labios–. Caramba –exclamó–. Es salada.

Capítulo 5

El DOCTOR *de* KILMORE COVE

De pie ante la cerca de madera pintada de azul celeste de la casa del doctor Bowen, Rick y Julia esperaron un par de minutos a que alguien respondiera al timbre. Después, al ver que la cerca estaba entreabierta, la empujaron y entraron.

Pasaron sin decir una palabra por delante del inmóvil desfile de enanitos de jardín y llamaron a la puerta principal.

–Ahora saldrá su mujer y nos dirá que nos pongamos las zapatillas de andar por casa… –murmuró Julia, recordando la última vez que habían visitado a los Bowen.

En cambio, no acudió nadie.

–Quizá no estén en casa –sugirió Rick.

Llamaron al timbre un par de veces.

–Me parece que tienes razón –convino Julia–. Probablemente el doctor ya ha bajado al pueblo.

–Y a lo mejor su mujer lo ha acompañado.

Retrocedieron un par de pasos y Julia miró hacia arriba, hacia las ventanas del primer piso. Creyó vislumbrar algo que se movía detrás de las cortinas. Después le pareció distinguir una figura vestida de negro que los estaba observando desde arriba y dio un respingo.

–Espera un momento… –murmuró, volviendo a la puerta de entrada.

La empujó: estaba abierta.

–¿Doctor Bowen? –llamó la chica, asomándose al interior–. ¿Señora Edna?

La casa de los Bowen estaba tal y como la recordaba: con las paredes de un blanco impoluto y casi cegador y un parqué de madera pulida y reluciente. Por doquier reinaba una gélida limpieza, pero esta vez con una excepción: una nítida fila de huellas de barro conducían desde la puerta al interior.

–¿Las ves? –preguntó Julia, incrédula.

–¿Y cómo quieres que no las vea?

–No es normal. No es propio de ellos. ¡Ya sabes lo maniáticos del orden que son!

–Sí, pero acaba de haber una inundación –objetó el chico–. Es normal que haya un poco de… ¿Se puede saber qué haces?

La chica se había quitado rápidamente los zapatos y había entrado en la casa.

–¡No puedes hacer eso! –susurró Rick, de pie en el umbral–. ¡No es tu casa!

–¡Solo echo un vistazo y salgo! –respondió Julia, molesta–. Y además, a lo mejor les estoy haciendo un favor a los Bowen. ¿Y si ha entrado un ladrón en su casa cuando ellos se han marchado?

–¡Ah, muy bien! Y si de verdad hay un ladrón, ¿se puede saber qué piensas hacer?

–¡Uf, qué aburrido te has vuelto, Rick! ¡Antes no eras así!

Rick se ruborizó.

–¡Los Covenant, qué pesadilla! –exclamó al final, quitándose las zapatillas para poder alcanzar a aquel tormento de chica.

Ya dentro de la casa, siguieron las huellas de barro que pasaban por entre los horrorosos muebles de los Bowen: las sillas de madera maciza labradas con motivos florales, las mesas de cristal y aluminio, las lámparas blancas que sobresalían como setas de los rincones del techo, la butaca tirolesa del doctor con la revista de crucigramas doblada debajo de las gafas.

Una vez llegaron a las escaleras, las huellas se hicieron confusas: algunas subían y bajaban los escalones que llevaban al piso de arriba, otras a la puerta del sótano.

–¿Qué hacemos? –preguntó Julia.

–¡Salir de aquí e ir con los demás a la iglesia! –respondió Rick–. A ver si así consigo saber si mi madre está bien y… ¿Adónde vas?

Julia le indicó que se callase. Había comenzado a subir la escalera casi de puntillas. Rick sacudió la cabeza y la siguió, resignado.

Cuando llegaron al final, se agacharon en los dos últimos escalones y echaron una ojeada al pasillo del primer piso.

–Es terrible –fue el comentario de Rick.

–¿Qué es terrible? ¿El pasillo con los angelitos o este ruido inquietante de fondo?

–Las dos cosas –decidió el chico pelirrojo.

En el primer piso de la casa de los Bowen reinaba la misma atmósfera glacial de la planta baja, excepto por una fila de angelitos de madera colgados en las paredes a modo de luminaria y un lento pero sonoro ronquido, que provenía de una de las habitaciones.

Las huellas iban y venían justo de allí.

–Yo voy a echar una ojeada –decidió Julia. Y antes de que Rick pudiera detenerla, la chica se había levantado ya y caminaba, con la espalda pegada al muro, a lo largo de la pared derecha del pasillo.

La alcanzó.

–¡Hay que estar loco de remate para entrar como un ladrón en casa de alguien… que para colmo está durmiendo dentro!

–Quienquiera que haya entrado aquí con esos zapatos –susurró Julia indicando las huellas– ha hecho lo mismo.

–Sí, pero aun admitiendo que las huellas no sean del doctor Bowen, no veo por qué…

Pero Julia, para variar, ya no le estaba escuchando y se había acercado a la puerta de la habitación, de la cual al parecer provenía aquel fuerte ronquido.

–Ha subido, ha llegado a esta puerta… y después ha vuelto abajo –susurró, estudiando el dibujo de las huellas en el suelo.

Después se dio cuenta de que también había barro en el tirador. Miró a Rick, que había llegado hasta ella, como si estuviera a la expectativa.

–¿Y entonces? –dijo el chico.

–Ábrela.

Rick intentó protestar, pero finalmente alzó la vista al cielo, apoyó la mano en el tirador y lo bajó lentamente. La puerta se entreabrió con meticulosa precisión, deslizándose suavemente en los goznes bien engrasados.

–¡Oh, porras!

–Pero… ¿qué está haciendo?

Edna Bowen estaba tumbada en la cama, semiescondida tras un complicado aparato. Su rostro estaba cubierto por una especie de máscara que amplificaba el ruido de su respiración. Llevaba un camisón con la manga remangada. El brazo desnudo estaba vendado con una serie de gasas de las que salían unos tubitos que acababan en la extraña máquina.

Julia tardó unos segundos en reponerse de aquella visión desconcertante. Miró a Rick y señaló el largo abrigo negro colgado detrás de la cama, muy cerca de la ventana: tenía que ser el que había confundido poco antes, en el jardín, con una persona de carne y hueso.

Después se oyó un ruido seco, como el de una puerta que se abre de par en par. Un golpe de viento hizo ondear el abrigo en el mismo momento en que la señora Edna emitía su gemido más potente.

Entonces Rick tiró de Julia, haciéndole una señal para indicarle que tenían que irse de allí. Bajaron precipitadamente las escaleras, pero cuando llegaron a la planta baja se encontraron con un hombre plantado en la puerta de entrada. Llevaba un impermeable largo y un sombrero oscuro que le ocultaba el rostro. En una mano sostenía sus zapatos, en la otra un largo cuchillo.

Al encontrárselo así, de sopetón, Julia lanzó un grito e intentó frenar el impulso, pero fue en vano, pues los calcetines resbalaban en el parqué. La reacción de Rick, sin embargo, fue rapidísima: con una mano se cogió a la barandilla de las escaleras y con la otra agarró a su amiga, tirando de ella.

–¡Eh! –gritó el hombre en la puerta–. ¿Qué estáis haciendo vosotros aquí?

Rick estaba tan aterrorizado que ni siquiera levantó la mirada. Empujó a Julia a la parte opuesta, hacia la puerta del sótano. Un segundo después la habían abierto y se habían lanzado escaleras abajo.

–¿Quién era ese hombre? –preguntó Julia con la respiración entrecortada.

Estaban bajando los escalones de dos en dos, en la oscuridad más completa.

–¡No lo sé! –le respondió Rick–. Pero no tengo intención de preguntárselo.

Un luz intensa e imprevista iluminó el sótano: Rick vislumbró algunas cajas alineadas en el suelo, un botellero medio vacío apoyado contra la pared de enfrente, y una hilera de embutidos colgados de unas cuerdecitas que oscilaban desde el techo. Y una puerta, abierta, en el lado opuesto a la escalera por la que habían bajado.

El sótano tenía muros de piedra gruesos. Y había huellas de barro por todas partes.

–¡Por allí! –gritó Julia, y se abalanzó hacia la puerta abierta. Probablemente conducía al garaje, o a una segunda habitación, y una vez allí…

–¡VOSOTROS DOS! ¡QUIETOS! –vociferó el hombre del impermeable, que había llegado a la mitad de la escalera del sótano. De pronto, dejó caer el cuchillo al suelo–. ¡NO PODÉIS!

De todas las cosas que el hombre habría podido gritar, aquella era quizá la más sorprendente. Pero no bastó para hacerles cambiar de idea. Los dos chicos atravesaron a toda velocidad el espacio que les separaba de la puerta y la franquearon. Solo cuando habían cruzado el umbral comenzaron a pensar que se habían equivocado: la puerta era insólitamente maciza, como si fuera una puerta blindada. Y no tenía ningún sentido poner una puerta blindada para separar el sótano del garaje.

Entonces… ¿dónde se habían metido?

–¡VOSOTROS LO HABÉIS QUERIDO! –exclamó de nuevo su perseguidor. Se abalanzó sobre la puerta blindada como un halcón y la empujó con ambas manos.

Rick miró a su alrededor. Se detuvo. Se volvió.

–¿Doctor Bowen? –susurró, incrédulo, cuando comenzó a entender algo.

Apenas tuvo tiempo de ver, a través de la rendija aún abierta de la puerta, el rostro del doctor iluminado por la luz del sótano. Después la rendija se hizo más y más pequeña, hasta desaparecer.

–¡Y AHORA, QUIETECITOS AHÍ! –oyeron gritar antes de que la puerta se cerrase del todo con un portazo.

Habían acabado encerrados dentro de una minúscula habitación.

Atrapados.

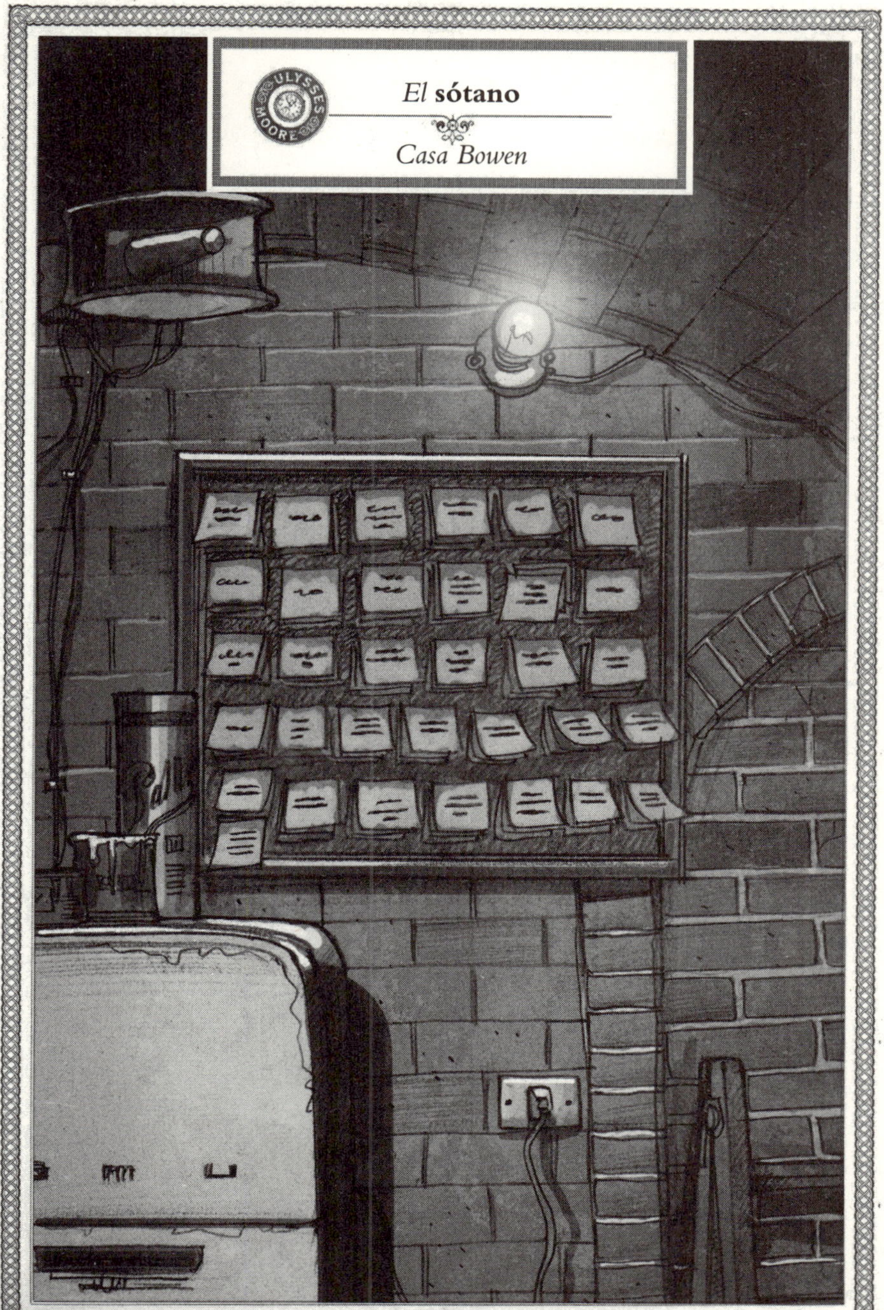
ULYSSES MOORE
El **sótano**
Casa Bowen

Capítulo 6

Los JEFES

–Yo os conozco... –murmuró el Flint pequeño, parpadeando varias veces.

Enfocó un rostro con el pelo rizado y despeinado. Después un segundo, de pelo rubio y descolorido.

–Vosotros dos sois... los chicos del Aston Martin DB7 del... 97.

–El año correcto es 1994, chico. De todas formas, sí, somos nosotros.

El muchacho intentó ponerse de pie y enseguida sintió un dolor punzante en las costillas.

–¡Ay! –exclamó, intentando recobrar el aliento–. Pero... ¿qué ha pasado?

–Eso creíamos que nos lo ibas a explicar tú –respondió el rubio.

–Te acabamos de bajar de aquella farola –añadió el de rizos.

El Flint pequeño se palpó las costillas doloridas. No parecía que tuviese nada roto. Solo tenía un moratón gigantesco que se extendía desde la base del cuello hasta el ombligo.

–¡QUÉ DOLOR! –gritó alguien a pocos pasos de él–. ¡ME DUELE MUCHÍSIMO!

–Estate quieto, quejica –respondió una segunda voz–. ¡Es solo un arañazo!

–¡NO ES VERDAD, ESTÁ ROTO! ¡NO LO SIENTO!

–¡Pero qué va a estar roto! ¡Se te habrá quedado dormido después de todo este tiempo debajo de tu barrigón!

El Flint pequeño, pálido, echó un ojeada a través de las piernas de sus socorredores. A pocos pasos, dos estatuas de fango (una un poco más grande que la otra) discutían sumergidas hasta la cintura en un charco marrón-grisáceo, salpicándolo todo de barro. No cabía duda: eran sus primos.

–Parece que se están recuperando… –comentó el del pelo rizado con una risita–. ¿Podrás moverte?

–Creo que sí, gracias.

–¿Y te acuerdas de cómo habéis venido a parar aquí?

El Flint pequeño se arrancó de encima una página del libro *Las mujercitas crecen*.

–Pues claro que me acuerdo. Estábamos haciendo un trabajo para vosotros en la librería.

Los dos hombres intercambiaron una mirada perpleja.

–¿Un trabajo para nosotros?

–Nos dijisteis que siguiéramos a los Covenant y eso hicimos. Hemos descubierto que… –El chico se palpó los bolsillos–. ¡Oh, porras! Creo que la he perdido.

–¿Perdido qué?

–¿Cómo que qué? ¡La llave de la ballena!

Los hermanos Tijeras le dirigieron una mirada inquisitiva: evidentemente no tenían la mínima idea de lo que estaba hablando.

–Bueno, si tenéis un poco de paciencia os lo explico todo. Pero antes deberíais enseñarme dónde está aparcado vuestro alucinante Aston Martin.

–¿Y ahora a cuento de qué viene el Aston Martin? –preguntó sorprendido el de ricitos.

–Yo no olvido los tratos. El pacto era: información a cambio de una vuelta en el coche.

–Ah, ¿sí? –El rubito se estaba impacientando–. Bueno, ¡pues entonces te tocará seguirnos hasta el aeropuerto de Londres, porque es allí donde lo hemos dejado aparcado!

–¡Y de todas formas –apostilló el de rizos–, ibas apañado si pensabas que te permitiríamos subir con esas pintas!

El Flint pequeño, visiblemente desilusionado por la noticia, dirigió a los dos «jefes» una mirada de desprecio.

–No me parece que vosotros estéis en mejores condiciones. ¿Qué os ha pasado? ¿Habéis atravesado la selva con las ventanillas bajadas?

–Muy gracioso, chaval –replicó el rubio bastante harto–. Y ahora, ¿te importaría decirnos de una vez qué demonios ha pasado aquí?

–¿Te refieres a la inundación?

El Flint pequeño miró a su alrededor. Después, sin inmutarse, señaló con el dedo hacia el primo de mediana estatura y dijo:

–Ha sido él.

Ante aquellas palabras, el Flint mediano, que se estaba masajeando la rodilla dolorida, levantó la cabeza de golpe.

–¡No es verdad! ¡No he sido yo!

–¡Sí, sí que has sido tú! –saltó inmediatamente el Flint grande, que no acababa de creerse que se pudiera meter con él por una vez–. ¡Has sido tú! ¡Has sido tú!

–¡Dejadlo ya! –los acalló bruscamente el de ricitos. Después, recomponiéndose, añadió con voz tranquila–: ¿Y cómo lo habría hecho, si puede saberse?

–La llave de la ballena –se limitó a responder el Flint pequeño–. La ha utilizado para abrir la puerta de detrás de la librería.

–¡Ah, sí! Pues entonces sí que he sido yo. –El Flint mediano se ensombreció de golpe.

–¡Y yo qué había dicho! –gruñó satisfecho a sus espaldas el Flint grande, sacudiéndose el agua de encima como un monstruo prehistórico. Cuando acabó, volvió a mirarse desconsolado el brazo derecho.

Los dos Incendiarios se rascaron la cabeza, pensativos.

Después, el rubio tomó la palabra:

–Vamos a ver, si vuestro primo gordo no tiene nada roto, ¿qué os parece si vamos a ver la…?

Tras consultarse con algunas miradas dubitativas y encoger un par de veces los hombros, los tres Flint decidieron que podían ir. Así que se encaminaron todos por la calle que llevaba a la parte vieja del pueblo.

–Hemos hablado con vuestro jefe –dijo en un momento dado el Flint pequeño.

–¿El señor Voynich? –preguntó sorprendido el de ricitos–. ¿Y dónde?

–En el pueblo, delante de la Windy-Inn. Poco antes de que… ¡Porras!

Se habían detenido en un punto desde el cual, por primera vez, podían ver claramente la destrucción del puerto y la plaza de Kilmore Cove. Se quedaron sin respiración.

El Flint pequeño levantó un brazo para señalar el trazado de la carretera costera que había quedado barrido por el agua y dijo:

–Ahí, estaba justo ahí. Ahí estaban las mesitas y él se sentó a hablar con otros dos del pueblo. Su coche negro estaba aparcado en ese punto, donde ahora está ese agujero…

Los dos Incendiarios siguieron la mirada del chico. Allí donde había estado la Windy-Inn ahora se veía un edificio torcido, doblado por el envite de las aguas y rodeado por una masa de barro y restos. Y al otro lado de la calle había un amasijo de tierra y de asfalto.

–Hummm… cambio de planes, chicos –dijo el rubio, contemplando aquella devastación–. Antes de ir a la librería, creo que deberíamos buscar noticias de nuestro jefe.

Y es que, allí donde dirigieran la mirada, no se veía ni rastro de Malarius Voynich, de los hombres con los que estaba hablando ni de su coche negro.

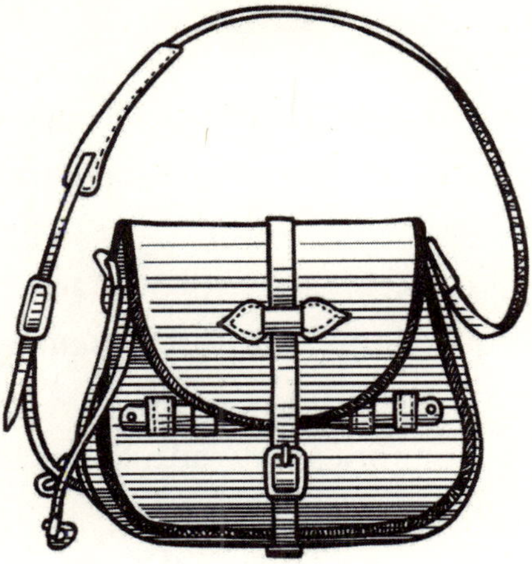

Capítulo 7

La LLAMADA TELEFÓNICA

Nestor se dirigía cojeando hacia Villa Argo cuando la puerta que daba al jardín se abrió de golpe para dejar salir a la señora Covenant, alarmadísima.

–¡Oh, Nestor! ¡Menos mal que está aquí!

Un instante después, el teléfono empezó a sonar furiosamente.

–Voy a bajar al pueblo a averiguar qué ha podido ocurrir. ¡No consigo encontrar a mi marido y estoy muy preocupada!

–¿Y no cree que sería posible que fuera él el que la está llamando? –replicó el viejo jardinero, arisco como de costumbre.

Ante aquellas palabras, la señora Covenant dio rápidamente marcha atrás y le gritó que entrara, mientras corría a contestar al teléfono:

–¿Diga?

La mujer se quedó un momento escuchando y luego respondió:

–No, no. Soy la señora Covenant. Pero se lo paso enseguida; está aquí, a mi lado.

Se giró hacia Nestor y le pasó el auricular de baquelita negra.

–Es para usted.

–¿Para mí? –se sorprendió él–. ¿Y por qué me llaman aquí?

–¡No lo habrán encontrado en otro lado! –exclamó la señora Covenant, encogiéndose de hombros–. Yo voy a sacar el coche del garaje. ¡Encárguese usted de cerrar todas las puertas!

Nestor la dejó pasar, ardiendo de impaciencia. Sentía el peso de las cuatro llaves en los bolsillos. No tenía la menor intención de cerrar las puertas: quería abrirlas. Después se acercó el auricular al oído con suspicacia.

–¿Diga?

–¿Nestor?

Tardó un segundo en reconocer la voz al otro lado del teléfono. Era la del doctor Bowen, rota por el jadeo y llena de tensión.

–¿Qué pasa?

–¿Cómo que qué pasa? ¿Es que no has visto nada desde ahí arriba? ¡Ha habido una inundación!

–Ah, sí…

–Pero ¿cómo puedes estar tan tranquilo? Acabo de hablar con el padre Phoenix. Hace falta ayuda, Nestor. Hay heridos y al menos unos veinte desaparecidos. Hay…

–Yo no puedo bajar ahora –lo interrumpió Nestor bruscamente. Con el oído libre, oyó a la señora Covenant, que ponía en marcha el coche y comenzaba a maniobrar.

–En la clínica yo solo no doy abasto. –La voz de Bowen, ahora, era casi implorante.

–¿No está Pinklewire?

–Nestor, te lo ruego…

–De verdad, Bowen –lo interumpió de nuevo el viejo jardinero, con un matiz de culpa en la voz–, bajaré en cuanto termine aquí.

El doctor se quedó en silencio unos instantes. Después añadió:

–Me acaban de traer a Black.

Nestor sintió un nudo en el estómago.

–¿Qué quieres decir?

–Está vivo, pero quizá no por mucho tiempo. Creo que le gustaría volver a ver a un viejo amigo.

Nestor apretó el puño con rabia. Lo que le estaba pidiendo Bowen tenía sentido, naturalmente. Tenía sentido y además era justo. Se trataba de Black, el compañero de mil aventuras…

A través de los cristales de la ventana que daba al jardín, Nestor vio que la señora Covenant abría la puerta y se bajaba del coche. La siguió con la mirada hasta la puerta de la cocina.

–¿Nestor? Encárguese usted de los chicos, ¿de acuerdo? –dijo la mujer, asomando la cabeza por el pasillo–. Julia debería de estar en su cuarto. ¡Jason, por suerte, está todavía de excursión con la escuela!

–¡Señora Covenant, espere un momento! –gritó Nestor. Después siguió hablando por el auricular–: Voy enseguida. ¿Dónde te encuentro?

–Gracias. Hemos instalado la enfermería en la clínica veterinaria. Si no me encuentras entre las camas, estoy en mi despacho, en el piso de arriba. O en la farmacia.

–Cinco minutos.

Nestor colgó el teléfono. Después, fue cojeando hasta la señora Covenant, de pie al lado del auto en marcha, esforzándose por no pensar en las cuatro llaves que llevaba en el bolsillo ni en el hecho de que lo único que de verdad habría querido hacer en ese momento era abrir la Puerta del Tiempo e ir en busca de Penelope.

–Bajo con usted –le dijo secamente.

–Pero… ¿y los chicos?

–Los chicos saben arreglárselas muy bien ellos solos. Será un momento.

El viejo jardinero entró en su casa, cogió su morral de cazador y metió dentro la caja con las otras llaves del tiempo.

«Después de lo que ha pasado con la llave de la ballena, mejor no correr el riesgo de que a algún otro niño mimado se le pasen cosas extrañas por la cabeza», pensó. Cerró la puerta con llave de todas formas y volvió al jardín.

–¿Ha cerrado también la casa? –le preguntó la señora Covenant, mientras Nestor se sentaba a su lado, en el asiento del pasajero.

–Hemos cerrado la verja –respondió él con tono insolente–. Y, en cualquier caso, ya no hay nada realmente importante que robar en Villa Argo.

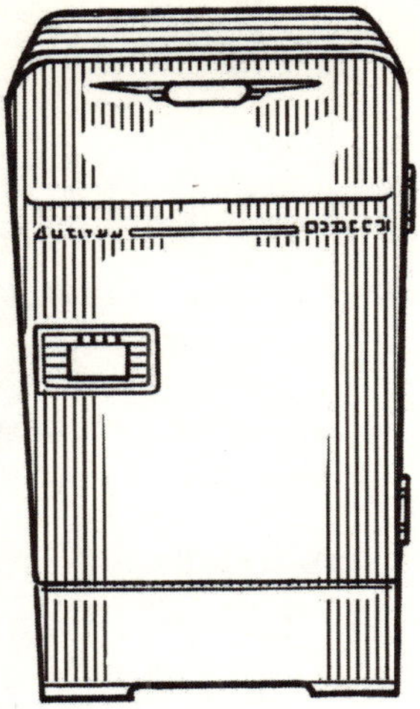

Capítulo 8

A TRAVÉS *de las* PAREDES

Rick exploró a tientas las paredes de la pequeña habitación en la que estaban encerrados hasta que encontró el interruptor de la luz. Después de encenderlo y de mirar a su alrededor, cuando sus ojos se habituaron a la luminosidad, murmuró descondertado:

–No hay más salidas... Estamos en una especie de prisión.

Julia se llevó las manos a la cabeza. La luz de neón emitía un zumbido gélido. Buscó con la mirada una silla y se dejó caer en ella, desmoralizada.

A juzgar por la pintura relativamente fresca de las paredes, se encontraban en una vieja habitación recién pintada. Había un aparato para depurar el aire y un ojo de buey de diez centímetros que daba al jardín que había en la parte delantera de la casa. Pero la pequeña ventana también estaba cerrada herméticamente.

Julia dio media vuelta a la silla en la que se había arrellanado.

–¿Adónde hemos venido a parar, Rick?

También Rick se lo estaba preguntando. Se acordaba de que el doctor había construido su atroz casa de campo sobre los cimientos de una casa más antigua, de los tiempos de Napoleón, que había demolido. Pero, evidentemente, había conservado la estructura. Y algunas habitaciones como aquella.

–La familia Bowen es una de las más antiguas del pueblo… –dijo–. ¿Te acuerdas de Thos Bowen?

Julia asintió.

–El que diseñó el mapa de las Puertas del Tiempo que intentamos recuperar en Egipto, ¿no?

–Exacto. Empiezo a pensar que no fue una casualidad que el mapa se encontrara justo aquí…

–¿Qué quieres decir?

–Siempre hemos dado por descontado que nadie en el pueblo, aparte de nosotros y los amigos de Nestor, sabía de la existencia de las puertas. ¿Y si, por el contrario, no fuera así? A lo mejor el doctor también Bowen sabe algo.

Rick se acercó a un pequeño tablón de corcho que estaba colgado en una pared de la celda subterránea, y en cuya superficie había centenares de hojitas amarillas llenas de notas pegadas, una tras otra, con chinchetas del mismo color. La caligrafía era tan regular y monótona que parecía fotocopiada. En cada hoja las palabras estaban dispuestas en cinco líneas; algunas aparecían subrayadas con un trazo de bolígrafo simple, otras con un trazo doble.

Julia se levantó de la silla y se dirigió hasta donde estaba su amigo.

–Me da escalofríos… –murmuró, rozando la superficie con la punta de los dedos. Entonces notó que debajo de cada hoja había otras. Leyó una al azar–. Habla de Kilmore Cove…

Comenzó a recorrer las otras hojas con la mirada hasta que encontró una palabra que le resultó familiar, subrayada dos veces.

–¡Aquí está escrito mi nombre!

–Sí –murmuró Rick–. Y aquí el mío. Un momento… ¡Y debajo está la lista de todas las enfermedades que he tenido y de los huesos que me he roto desde que nací!

Julia se quedó helada.

–Mis… notas de la escuela. Pero ¿por qué?

–Este es de las hermanas Biggles –siguió leyendo Rick.

Rápidamente, pasaron revista a todas aquellas hojas que hacían alusión a buena parte de los habitantes de Kilmore Cove. Era como si el doctor hubiera creado un archivo con información de todos y cada uno de ellos, conservando expediente escolar, condiciones de salud, aficiones, actividades.

Sin embargo, de todas las personas que, por algún motivo, habían despertado la curiosidad del doctor, la obsesión más reciente parecía centrarse en Fred Duermevela.

Las hojas que se referían a él contenían todavía más subrayados que las otras. Al parecer, Fred no había asistido nunca a las escuelas del pueblo. Antes de entrar a trabajar en el ayuntamiento, en la máquina del registro, no había trabajado un solo día de su vida. Pero, por extraño que pareciese, estaba en perfecta sintonía con aquel cacharro infernal. Quizá porque había sido construido con material de reciclaje en el taller de su primo.

–Fíjate, fíjate… –mumuró Rick repasando los últimos apuntes–. Parece que el doctor sabe algo de verdad.

–¿Por qué? ¿Qué dice?

–«Fred Duermevela no puede tener la Primera Llave. Controlar. Llamar a Ulysses Moore. Preguntar a Agarthi.»

–¿Y quién es esa Agarthi?

–Creo que es un error –respondió Rick–. La Agarthi que conozco yo no es una persona, sino una ciudad escondida en algún lugar entre las montañas del Himalaya.

En ese instante, Julia recordó dónde había oído antes el nombre: lo había leído en los cuadernos de Ulysses Moore. Estaba unido a una de las Puertas del Tiempo del pueblo, la que se abría con la llave del dragón.

–Mira, al lado hay otra palabra –continuó el chico pelirrojo–. El doctor la ha subrayado tres veces: «Respuestas». Quizá pensaba que las encontraría en Agarthi…

–¿Y cómo pensaba ir hasta…? –Julia sintió un largo escalofrío que le recorría la espalda.

«No –se dijo–. ¡No puede ser!»

–¿ME OÍS? –graznó entonces una voz metálica.

Julia dejó escapar un grito por el susto.

–¡Sí, le oímos! ¿Quién es? –gritó Rick, mirando a su alrededor para intentar averiguar de qué rincón de aquella habitación provenía la voz.

–¡Déjenos salir! –dijo Julia por su parte.

–¡Silencio! –exclamó la voz desde el altavoz–. Si sois buenos y os estáis calladitos no pasará nada.

La mano de Julia buscó la de Rick y la apretó fuerte.

–No sé por qué motivo habéis entrado en mi casa, pero vosotros os lo habéis buscado. ¡No hay que meter las narices en los asuntos ajenos!

–¡Doctor Bowen! –exclamó entonces Rick–. ¡Soy yo, Rick! ¡Ha habido un malentendido!

El altavoz graznó algunas palabras incomprensibles.

–No queríamos meter las narices en ninguna parte –continuó el chico–. ¡Solo hemos venido a buscarle! Julia no está bien, tiene gripe y… abajo, en el pueblo, se ha producido una catástrofe…

Hubo otra secuencia de ruidos indescifrables, seguida de un silbido ensordecedor.

–¡Ábranos, se lo ruego! –le suplicó Julia.

La voz alterada se fue modulando poco a poco y volvió a resultar comprensible:

–Lo siento, pero no puedo dejaros salir por el momento. Hay un pequeño frigorífico en la habitación. Dentro hay algunos medicamentos de primera necesidad. Si Julia está mal, dáselos, Banner. También puedes regular la temperatura de la habitación si hace frío. Que beba mucho. Es importante.

–¿Por qué no nos quiere abrir?

–Quedaos quietecitos ahí abajo, chicos, y os prometo que no os sucederá nada.

Rick levantó un puño amenazador contra la puerta blindada.

–¿Por qué? ¿Qué nos tendría que pasar, doctor Bowen?

–Os han metido en esta historia sin consultaros. Lo sé. ¡Pero portaos bien y yo os sacaré de ahí!

–¡USTED NO SABE LO QUE DICE! –gritó Julia, fuera de sí.

Rick intentó calmarla, pero la chica de Londres parecía realmente furiosa.

–¡No estaremos aquí dentro encerrados mucho tiempo! ¡Nuestros amigos vendrán a rescatarnos! ¡Y entonces tendrá que darnos un montón de explicaciones!

–¿Vuestros… «amigos»? –Desde el altavoz resonó una carcajada seca–. ¿Y quiénes son vuestros «amigos» si puede saberse? ¿El asesino que empujó a su mujer por el acantilado cuando ella empezaba a obstaculizar sus planes? ¿O aquel contrabandista de tesoros del guardián del faro? O… esperad, no me lo digáis: ¿uno de vuestros «amigos» es ese criminal de

Black Vulcano, que dejó morir a su hija en alta mar? ¿O el eterno niño, Peter Dedalus, que piensa que puede manipular a las personas como si fueran uno de sus artilugios para después acabar traicionando a todos aquellos que no actúan según sus previsones? ¿Son esos vuestros «amigos»? ¡Pues entonces, buena suerte! ¡Buena suerte de verdad!

La comunicación del altavoz se interrumpió bruscamente, dejando en el aire una descarga de zumbidos que se fueron apagando poco a poco.

Julia y Rick se abrazaron y permanecieron, enlazados el uno al otro bajo la implacable luz del neón.

–No es verdad nada de lo que ha dicho… –murmuró Rick. Pero, entretanto, las palabras del doctor se les habían quedado grabadas, como afilados interrogantes.

¿Asesino?

¿Ladrón?

¿Criminal?

¿Traidor?

Entonces, por encima de sus cabezas, llegó un ruido de pasos, seguido del de una puerta cerrándose de golpe, el estruendo de un motor que se ponía en marcha y, por último, el chirrido, cada vez más lejano, de los neumáticos sobre la grava.

–¿Qué está pasando, Rick? –murmuró Julia cuando el ruido se apagó del todo.

–No lo sé, no entiendo nada. De verdad –respondió él, acariciándole el pelo.

En las últimas horas una serie de sucesos inimaginables había barrido todas sus convicciones con la misma velocidad y la misma furia que la riada había empleado en llevarse Kilmore Cove por delante. El jefe de los Incendiarios había ayudado a Rick y a Jason a resolver el enigna del Laberinto, mientras dos de sus asistentes les habían salvado la vida. Penelope, a quien todos creían muerta, simplemente había desaparecido borrando su propio rastro y, además, había dado a entender que había un traidor entre los miembros del grupo del Gran Verano... Y, por si ello no bastase, el doctor de Kilmore Cove les había encerrado en una celda subterránea y les había dicho que Nestor era un asesino, Leonard un ladrón y Peter un niño egoísta.

–Lo único que sé es que tenemos que encontrar el modo de salir de aquí –concluyó Rick.

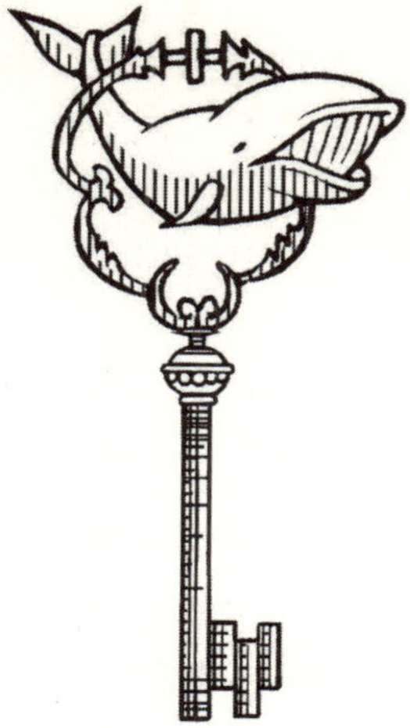

Capítulo 9

BUENOS *y* MALOS

Anna y Jason dejaron a la señorita Biggles al cuidado de una improvisada enfermera, con la que la anciana señora intimó enseguida (entre otras cosas porque se acordó de que una vez había cuidado de sus gatos). Por eso no resultó difícil convencerla de que se tumbara en una de las camillas dispuestas en la planta baja de la clínica veterinaria: se quedó dormida prácticamente en cuanto apoyó la cabeza en la almohada.

Los dos chicos aprovecharon para dar una vuelta rápida por la sala, en busca de sus amigos y familiares que en el momento del desastre tenían que encontrarse en el pueblo: el padre de Anna, el de Jason, Tommaso, Black… Sin embargo, por más que miraron a su alrededor, no vieron rostros conocidos y prefirieron pensar que eso constituía una buena noticia.

En compensación, pudieron recoger los primeros testimonios sobre lo sucedido: alguien hablaba de una tubería rota, otros de una avería en el acueducto, otros de una fuente subterránea que de repente había salido a raudales a la superficie. La versión más creíble era que había explotado la fuente de May Square, la plazoleta adonde daban la librería de Calypso y la oficina de Correos, y que el agua, desde allí, había empezado a correr por los callejones. Sin embargo, nadie lo sabía con certeza.

Más tarde, mientras pasaba entre las camillas, Jason sintió que unos dedos le rozaban la mano con suavidad y se giró instintivamente para ver quién era.

–¿Cindy? –Había reconocido en aquel rostro tumefacto a una de las amigas de su hermana. Una chica rubia y perennemente risueña–. Cindy, ¿eres tú?

–Han sido los Flint… –murmuró ella con un hilo de voz.

–¿Los Flint? Pero… ¿cómo?

–Han venido a la librería… con una extraña llave…

El chico abrió los ojos de par en par.

–… y han abierto la puerta de atrás. El agua… ha salido de allí.

«La puerta de atrás de la librería…», repitió mentalmente Jason. Y de repente lo vio todo con claridad. ¡Era allí de donde provenía toda aquella agua! De la Puerta del Tiempo de la librería de Calypso, una de las puertas que no había que abrir nunca. Y la llave de la que hablaba Cindy tenía que ser por fuerza la llave de la ballena. Pero ¿cómo podían tenerla... los Flint?

–¿Jason? –preguntó justo en ese momento una voz familiar a sus espaldas.

El chico se dio la vuelta y vio a la madre de Rick, que lo miraba a su vez de pie en el otro extremo de la habitación con una bandeja de tazas de té caliente.

«Oh, vaya.»

–Tenemos que irnos. ¡Problemas a la vista! –le susurró a Anna, agarrándola por un brazo y sacándola de la clínica de un tirón.

–¿Quién era? –preguntó la chica cuando se refugiaron en un portal, asomándose para comprobar que no los seguían.

–La madre de Rick –respondió Jason mirando a su alrededor con aire preocupado–. ¡Nos hemos olvidado de que nuestros padres creen que aún estamos en la excursión de la escuela!

Anna sacudió la cabeza.

–Me refería a esa pobre chica... Cindy. ¿Me equivoco o ha dicho que el agua ha salido de la puerta de atrás de la librería? ¿Cómo es posible?

Exacto. El encuentro con la madre de Rick casi había hecho que Jason olvidara aquella repentina revelación. Si Cindy estaba en lo cierto, el asunto se hacía aún más preocupante y embrollado de lo que ya era. El joven Covenant se esforzó en no pensar en el riesgo que representaban los primos Flint manejando a su antojo las llaves del tiempo (con los resultados que se acababan de ver) y formuló mentalmente un plan de acción.

–Tenemos que volver enseguida a la iglesia y hablar de todo esto con los otros –le dijo a Anna con expresión grave–. Aquí están pasando demasiadas cosas extrañas… y además tengo que avisar a Rick de que su madre está bien y de que… ¡pronto le tocará dar unas cuantas explicaciones!

La chica le devolvió la mirada y asintió convencida. Pero justo acababan de dar unos pasos fuera de su refugio cuando Jason se detuvo bruscamente. Había visto de repente, al final de la calle, la figura familiar del doctor Bowen, que venía hacia ellos. El doctor y farmacéutico del pueblo avanzaba a paso veloz, manteniéndose en equilibrio sobre los tablones que alguien había tenido el buen juicio de colocar en el suelo a modo de pasarela para poder moverse sobre el terreno resbaladizo.

–¡Doctor Bowen! –gritó Jason mientras iba a su encuentro.

El hombre alzó la mirada en su dirección, pero un momento después volvió a bajarla hacia la pasarela y continuó como si no lo hubiera visto.

–¡Eh! ¡Doctor Bowen! –insistió Jason yendo tras él–. ¡Soy Jason!

El doctor por fin se volvió, y en su mirada el chico leyó una mezcla de preocupación y de fastidio que le hizo aminorar instintivamente el paso.

–¿Jason Covenant? Hacía tiempo que no nos veíamos... –dijo Bowen al final con una sonrisa forzada

–Sí –contestó el chico cuando llegó a pocos pasos de él–. ¿Por casualidad ha visto a Julia?

El doctor pareció empalidecer por un momento.

–¿Te refieres a tu hermana? N-no, ¿por qué? –respondió con tono evasivo.

–Ha ido con Rick Banner a su casa a buscarlo. Julia no se encontraba muy bien...

–¡Bueno, como podéis imaginar, hay bastante gente que no se encuentra bien hoy! –replicó el doctor con sequedad, como si algo le hubiera irritado repentinamente–. Es más, precisamente ahora me dirigía corriendo a la clínica. Así que si me perdonáis...

–Pero... ¿doctor? –insistió Jason–. ¿Sabe si mi padre está bien? ¿Y Black Vulcano...?

Al oír aquellas palabras, Bowen pareció enfurecerse seriamente.

–No, no sé nada de vuestros «amiguitos», ¿vale? –dijo desgañitándose y con una mirada cargada de desprecio–. Y si quieres un consejo, harías bien en mantenerte también tú al margen de ciertas personas y de su manía de meterse en líos... ¡Mira adónde nos han llevado!

Y, dicho lo cual, se dio la vuelta de golpe y se encaminó hacia la clínica con paso aún más resuelto que antes. Mientras tanto Anna, que había presenciado la escena desde lejos, llegó hasta donde estaba Jason, que miraba incrédulo cómo el doctor Bowen se alejaba tambaleándose por la pasarela y desaparecía definitivamene de su vista engullido por las sombras de un edificio.

–¡Te estaba esperando! –exclamó el doctor Bowen unos minutos después.

Nestor acababa de llegar al pueblo y ya estaba sentado en el improvisado despacho del doctor, en el piso de arriba de la clínica veterinaria. Bowen atravesó torpemente la habitación, atusándose el flequillo sobre la frente perlada de sudor.

–¡He pasado por casa de Phoenix para ver cuál era la situación de los desaparecidos! ¡Un desastre, Nestor, un verdadero desastre!

–¿Dónde está Black?

Bowen se lavó rápidamente las manos bajo el grifo, restregándoselas con el jabón, y después se las secó apretando con fuerza la toalla contra los dedos.

–Dame un segundo para respirar, ¿vale? Como habrás notado, hay cierta confusión. Todavía faltan los Peackock, pero a lo mejor se habían ido a Zennor a ver a la hija…

–Me han dicho que Black está mal.

–Pues sí. –Bowen sacudió la cabeza, como invadido por un cansancio repentino–. Y no es el único, por desgracia. –Dio unos pasos para cruzar la habitación y se hundió en el sillón del otro lado del escritorio, mientras cerraba los ojos y se presionaba los párpados con los dedos.

Nestor se quedó mirándolo en silencio.

–Así pues, decíamos… –suspiró el doctor una vez repuesto, al cabo de unos segundos. Se atusó por enésima vez un mechón de pelo rebelde y consultó una de las hojas de la mesa de trabajo–. Black. Sí. Nuestro buen Black, nuestro viejo Black… –Entonces se apoyó las manos en las rodillas y se levantó con esfuerzo, describiendo un gesto teatral–. Vamos a verlo, venga.

El viejo jardinero siguió a Bowen por el pasillo. El aire estaba impregnado del olor punzante y dulzón de las medicinas. «Un olor capaz de poner enfermo incluso a alguien sano como un roble», pensó Nestor frunciendo el ceño, molesto. Bajó la mirada y vio los pantalones y los zapatos embadurnados de barro del doctor, que iban dejando un rastro de gotas gris oscuro por el suelo.

–¿No bajamos a la clínica? –dijo después, cuando vio que el doctor se dirigía a la parte opuesta.

Bowen ni siquiera le respondió.

–¿Edna está contigo? –le preguntó entonces, cojeando detrás de él.

Esta vez, Bowen replicó:

–No. Está en casa, la pobre. Ha tenido una crisis. Le he dado un calmante y la he entubado. Ahora, si todo va bien, descansará tranquila.

Nestor sabía que Edna Bowen tenía una enfermedad de nombre impronunciable que la obligaba a pasar larguísimos períodos en cama, atiborrada de medicinas. Una especie de asma nerviosa, pero con síntomas mil veces más graves.

«Pobrecilla», pensó. Pero como no era una de esas personas a las que les gusta hablar de medicinas, operaciones y enfermedades, se limitó a sacudir la cabeza pensativo.

–Pero esta vez no ha sido como la otra –dejó caer el doctor sin dejar de caminar.

–¿Perdón?

–Esta vez ha sido mucho más fuerte.

No sabiendo bien a qué se refería el doctor Bowen, si a su mujer, a las condiciones de Black o a la inundación del pueblo, Nestor siguió caminando tras él en silencio, hasta que el doctor se detuvo frente a una puerta grande con un cristal esmerilado, situada justo al fondo del pasillo. El letrero colocado en la madera esmaltada decía:

ARCHIVO

Bowen sacó una llave y la introdujo en la cerradura. Después se quedó quieto, como si lo hubiera asaltado un pensamiento repentino, y se volvió para mirar a los ojos al viejo jardinero.

–¿Te has parado alguna vez a pensar en las consecuencias de nuestras acciones, Nestor? ¿Incluso de un gesto aparentemente inocuo, como abrir una puerta, por ejemplo?

Nestor lo miró confuso: ¿qué era aquello? ¿Un mensaje en código? Resopló, irritado.

–Oye, Bowen, tú y yo…

–Tú y yo –lo interrumpió el doctor– somos de la misma quinta: 1956. Una quinta gloriosa y feliz. Y vivimos en el mismo pueblecito de Cornualles. Pero… excepto eso, no tenemos mucho en común, ¿verdad? Tú tienes tu vida. Yo la mía.

–No entiendo adónde quieres llegar…

–Pues te lo voy a decir muy claramente. La última vez que se abrió aquella puerta (y sabes muy bien a qué puerta me refiero), inundando medio pueblo, salisteis de ella Leonard y tú, tan magullados que dabais miedo. Aquel domingo… ¿lo recuerdas?, Penelope me trajo a Leonard para que intentara salvarle un ojo, mientras que tú, tú… testarudo como un mulo, no dijiste nada de tu herida a costa de cojear como un viejo tullido para el resto de tu vida, como tienes que hacer ahora. ¿Y por qué? ¡Porque no querías que te hiciera preguntas a las que no tenías ningunas ganas de responder! ¡No querías que te preguntara cómo te habías hecho una herida de tridente en los bosques de Kilmore Cove ni cómo era posible que a Leonard le hubiera mordido un tiburón!

–Bowen, ya basta. Estás exagerando.

–¡Eres tú el que ha exagerado, con todos tus ridículos secretos! –El doctor sostuvo su mirada durante unos interminables segundos. Después volvió a bajar los ojos hacia la llave e hizo saltar la cerradura del archivo–. Ahora entra, por favor.

Nestor le obedeció mecánicamente. Encendió la luz y solo entonces vio a Black Vulcano y al señor Bloom adormecidos y amordazados en dos camillas. Se volvió de golpe.

–Pero ¿qué demonios está pasando aquí dentro?

–¡Pasa que estoy harto de tus secretos!

Un instante después, Nestor sintió un ligero pinchazo en el brazo.

El doctor sacó una jeringuilla y la alzó para que su víctima pudiera ver el líquido color azafrán que quedaba en ella.

–No tienes de qué preocuparte: es una poción del sueño completamente natural. La fabrican en uno de esos mundos que tanto te gustan. No quiero hacerte ningún daño. Solo quiero que esta historia termine de una vez por todas.

–Bowen, yo...

El mundo comenzó a dar vueltas alrededor de Nestor, y las imágenes empezaron a esfumarse. El antiguo propietario de Villa Argo se sintió repentinamente débil y exangüe. Se tambaleó por la pequeña habitación, buscando donde agarrarse para mantenerse en pie, pero no lo encontró. Al final se asió a algo que se le vino encima: carpetas, fascículos. Se sintió ahogado por el papel que lo sumergía, mientras, cada vez más distante, la voz del doctor seguía hablando, y hablando...

–No tienes la más remota idea de lo que he sufrido yo por tus secretos. Y tus exclusiones. Cuando os reuníais en el parque, ¿te acuerdas? Teníamos diez años. ¡Diez años! ¡Y ya eras igual de cruel que ahora!

–Roger...

–¡Así que todavía recuerdas mi nombre!

Nestor se apartó los fascículos de la cara y desde el suelo dirigió la mirada al doctor Bowen, que se erguía por encima de él.

–Pues durante aquel verano mi nombre no se te pasaba nunca por la cabeza, ¿verdad? ¡Quizá porque no me querías cerca de ti, tenías miedo de que interrumpiera vuestros juegos, vuestras... exploraciones!

De nuevo Nestor retrocedió mentalmente hasta el Gran Verano, cuando él y los otros se repartieron por primera vez las llaves del tiempo. Roger Bowen no se presentó, porque sus padres no lo dejaban salir. Por ese motivo había sido marginado del grupo. Porque no podía hacer nunca nada con los demás.

–Roger, pero ¿qué estás... diciendo...? Tú no...

–Y la cosa ha seguido siempre igual. Durante todos estos años, Ulysses. Siempre el típico jueguecito de no bajar nunca al pueblo y tener tu club privado arriba, en la villa. Un salón exclusivo al que no me habéis invitado nunca. ¡Ni una sola vez en la vida!

Nestor comenzó a arrastrarse apoyando los codos en el suelo, pero las fuerzas lo habían abandonado. Las respuestas que habría querido proporcionar a Bowen le daban vueltas en la cabeza sin conseguir llegar a los labios. Roger no había sido invitado nunca a Villa Argo porque Penelope no podía soportar a su mujer ni todas las críticas que seguramente habrían salido de su boca por cómo tenía la casa. El propio Roger nunca había dado a entender que quisiera participar. Pero ¿cómo podía… saber? ¿Y qué pretendía hacer ahora exactamente?

–Ha llegado el momento de ajustar cuentas, amigo mío. Habéis superado los límites. Involucrar a una nueva generación de muchachitos londinenses que guardan el secreto bajo llave en sus cajones… ¿Y por qué no a mi hija? ¿O a Cindy? ¿O al joven Pinkleweire, con sus dientes torcidos? Oh, no, claro. Ulysses Moore ha decidido otra cosa: los gemelos de Londres y Rick Banner. ¿Qué tienen ellos que no tengan los demás niños del pueblo? ¿Quién eres tú para decidir quién debe usar las llaves del tiempo y quién no?

Nestor alzó el rostro hacia el techo, tratando de respirar. Veía cómo todos los colores cambiaban hacia el violeta, y del violeta al gris.

–No soy yo quien… decide… –susurró.

–¿A quién quieres engañar a estas alturas? Respóndeme si tienes coraje, ¿por qué no mi hija?

Por algún extraño motivo, a Nestor le dio por echarse a reír maliciosamente: recordó que la hija de los Bowen se había ido a vivir a Londres en cuanto había podido. Y desde entonces no había vuelto nunca más a Kilmore Cove para ver a sus padres. La comprendía. La comprendía perfectamente.

Notó que alguien tiraba de él y lo levantaba. Luego se encontró con el rostro de Roger Bowen a pocos centímetros del suyo.

–¿Tienes ganas de reírte, Nestor Moore, antes de acabar en el mundo de los sueños? ¿Quieres que te haga reír? ¿O a lo mejor prefieres una buena pesadilla a tu medida? Pues piensa en lo siguiente. Yo sé dónde está tu mujer. Lo he sabido siempre. Y sé también por qué no ha vuelto contigo. ¿O acaso se te ha olvidado que intentaste matarla, empujándola acantilado abajo?

Nestor una punzada en el corazón, penetrante, una herida profunda y dolorosa, un desgarro negro que lo engulló, devorándolo desde dentro. Lo último que percibió fue la voz del doctor, que le gritaba despectivamente a la cara:

–¡Felices pesadillas, Moore!

Después, todo se sumió en la oscuridad.

Nestor se deslizó en el sueño.

Y fue mucho peor que antes.

ULYSSES MOORE
La Puerta del Tiempo
Librería de Calypso

Capítulo 10

REMEDIOS *de* FARMACÉUTICO

–¿Qué les habrá pasado a todos? –preguntó Anna preocupada.

Después del extraño encuentro con el doctor Bowen, ella y Jason habían vuelto corriendo a la iglesia para ver si Rick y Julia, mientras tanto, habían llegado allí y los estaban esperando. Pero no había ni rastro de ellos. Era como si se los hubiera tragado la tierra, igual que al padre de Anna, a Tommaso, a Balck Vulcano...

También habían intentado ponerse en contacto con Julia a través de la libreta de Morice Moreau, pero sin resultado.

En aquel momento estaban rodeando una cabaña y su desordenadísimo patio enrejado, indecisos sobre qué hacer.

Un perro ladraba furiosamente a las gaviotas posadas en el tejado.

Jason comenzó a caminar adelante y atrás furiosamente.

–¡Les ha pasado algo, lo presiento!

Anna se apoyó en la verja de hierro que protegía el patio y buscó con la mirada una porción de cielo azul sobre los tejados del pueblo.

–¿Cómo puedes estar tan seguro?

Jason se paró.

–No lo estoy –respondió ceñudo–. Pero desde que hemos vuelto a Kilmore Cove están pasando cosas muy raras. Primero la inundación, después Cindy, que acusa a los Flint de haberla provocado al abrir la Puerta del Tiempo de la librería de Calypso… ¡Y ahora Rick y Julia, que desaparecen sin dejar rastro, como si hubieran sido abducidos por extraterrestres!

Anna sintió que su corazón latía más rápido.

–La última vez que los vimos los hermanos Tijeras estaban con ellos. ¿Tú crees que…?

Jason la miró fijamente. Pero al cabo de un instante sacudió la cabeza con decisión.

–No, lo descarto en absoluto. Esos dos no le harían daño a una mosca.

Anna se mordió los labios.

–¿Y qué me dices del doctor Bowen? Rick y Julia iban a su casa, y cuando nos hemos cruzado con él parecía muy… nervioso.

–Sí –respondió Jason pensativo–. La verdad es que no parecía muy contento de verme, y he tenido la inequívoca sensación de que intentaba evitar responder a mis preguntas. Y luego… eso que ha dicho a propósito de nuestros «amiguitos»… Imagino que se refería a Black. Era como si… como si supiera algo.

–¿Qué sabes tú de él?

Jason intentó reordenar sus ideas.

–Nada, salvo que es un bonachón que vive con una mujer obsesionada con la limpieza y con los enanitos de jardín. Él, en cambio, adora los crucigramas, como todos los viejecitos que quieren mantener el cerebro en buena forma. También sé que es el farmacéutico del pueblo. Su farmacia está en la avenida principal y, si no se la ha llevado la riada, debería estar todavía allí abajo. Todos lo conocen y… –Jason se quedó paralizado–. Espera un momento… A lo mejor tengo algo.

–¿Qué quieres decir?

–En su casa de campo, en la cocina, tiene un mapa de un antepasado suyo, un tal Thos Bowen… Un mapa de Kilmore Cove del año 1800 más o menos. Lo estuvimos buscando porque creíamos que en él aparecerían indicadas todas las Puertas del Tiempo.

Anna lo miró con los ojos como platos.

–¿Quieres decir que en casa del doctor Bowen hay un mapa de las Puertas del Tiempo de Kilmore Cove?

Jason sacudió la cabeza, divertido.

–¡Oh, no, no! Es un poco… bastante más complicado que eso. En el mapa del doctor Bowen no estaba señalada la ubicación de las Puertas del Tiempo. Las añadió posteriormente Penelope.

Anna torció la boca. Parecía confusa.

–O sea, vamos a ver si lo he entendio bien. ¿Me estás diciendo que Bowen tiene en la cocina un viejo mapa de Kilmore Cove que alguien cogió para pintar encima unos garabatos?

–Más o menos. Sí.

–Bueno, yo diría que no disponemos de demasiados indicios para sospechar de él, ¿no te parece?

Jason alzó los ojos al cielo y lanzó un resoplido de frustración.

–¡Lo sé! –refunfuñó desilusionado–. Pero es lo único a lo que podemos agarrarnos. En resumen… ¡toda esta situación es una auténtica locura! ¡No entiendo nada! Es como caminar dando tumbos en la oscuridad… No me gusta nada esta sensación.

Anna sonrió, comprensiva. Después asomó la cabeza por la esquina del almacén para mirar a la calle y un segundo después dijo:

–¿Sigues pensando que el doctor Bowen esconde algo?

–Sí –confirmó Jason–. Vaya si lo pienso.

–Entonces lo que tenemos que hacer es seguirlo.

–¿Qué quieres decir? –preguntó Jason, confundido, al tiempo que se asomaba a mirar él también.

Anna señaló a un tipo con impermeable y sombrero que avanzaba por las pasarelas de madera.

–Ahí está: ha vuelto a salir de la clínica.

El doctor Bowen dio la vuelta a la manzana, subió por la calle paralela a la principal, pasó frente a la clínica veterinaria y llegó a la entrada posterior de su farmacia. Sacó del impermeable un manojo de llaves y abrió la puerta. Pero no entró enseguida. Primero echó una larga ojeada alrededor, como para asegurarse de que nadie lo estaba siguiendo.

Anna y Jason lograron esconderse por los pelos en la penumbra de un callejón. Después, cuando por fin el doctor desapareció en el interior de la farmacia, se acercaron con sigilo a la puerta de atrás. A poca distancia había una ventanita minúscula. Con la máxima cautela, Jason se asomó para echar un vistazo.

Se quedó unos segundos observando y bajó de golpe.

–¿Qué has visto? –preguntó Anna, impaciente.

–No entiendo nada. Está trajinando… una mochila, según parece.

La chica sacudió la cabeza.

–A lo mejor nos estamos volviendo paranoicos.

Sin embargo, Anna también se asomó a la ventanita para echar otra ojeada.

–Se ha subido a una escalera –contó– y está rebuscando entre los frascos, en los estantes más altos.

–Yo entro –propuso Jason.

–¿Y para qué?

–No sé, es mejor que quedarnos aquí fuera...

Anna reflexionó un momento.

–No. Espera. Se me está ocurriendo una idea.

Se la contó rápidamente a Jason, que exclamó:

–¡Pero es demasiado arriesgado para ti!

–Pues más arriesgada resulta tu parte –objetó la chica–. Y además, yo no corro el peligro de que me descubra. Él no sabe quién soy. No sospechará nada.

Jason parecía perplejo.

–De acuerdo –murmuró al final–. Vamos a hacerlo como tú dices: cuando te oiga llamar a la puerta, entro.

Se dieron un abrazo apresurado y, tras algún que otro titubeo, un rapidísimo beso, que les quemó los labios y tiñó sus mejillas del color del fuego.

Anna corrió por la calle a toda velocidad. Dio la vuelta a la manzana y subió por la avenida principal, pasando por delante de la clínica veterinaria y una serie de tiendas parcialmente inundadas. Saltó ágilmente por las pasarelas y esquivó a la gente, disculpándose por las prisas. Luego, por fin, se detuvo jadeante frente a la entrada principal de la farmacia Bowen, fundada en 1862.

La riada, en su culmen, había alcanzado y anegado el escaparate del establecimiento, que, sin embargo, había resistido el golpe y había salido del paso con una buena mancha de barro y alguna que otra página de libro pegada al cristal. La puerta de entrada, naturalmente, estaba cerrada.

Anna comenzó a golpear con las palmas de las manos en el cristal. Luego vio un timbre de latón en el que estaba escrito URGENCIAS y empezó a llamar sin tregua.

–¡Doctor Bowen! ¡Doctor Bowen! –llamó–. ¡Doctor Bowen, por favor!

El ruido fue lo suficientemente fuerte para hacer que el doctor acudiera a la puerta. Anna lo vio separar unos centímetros la cortina negra que cubría el doble cristal y percibió una mirada de fastidio. Le sonrió cándidamente, señalando algo que se encontraba pasada la calle, pero que el doctor, desde su posición, no podía ver.

–¡Abra, se lo ruego! ¡Es una emergencia!

Por señas, Bowen le indicó un par de veces que no podía abrir porque la puerta se había dilatado a causa de la riada. Pero Anna se mostró inflexible. Al final el doctor, resignado, giró la llave en la cerradura y tiró de la puerta, la cual, después de tres violentos intentos, finalmente se entreabrió con un horrendo chirrido.

–¿Se puede saber qué demonios quieres, jovencita? –dijo a voz en grito, con la cara roja como un ladronzuelo sorprendido robando las limosnas de la parroquia.

Anna consiguió introducir la mano por la rendija de la puerta y sujetar la manga del impermeable del doctor, arrastrándolo hacia fuera.

–¡Venga, doctor, se lo suplico! –gritó–. ¡Mi padre se ha caído al mar! ¡Mi padre se ha caído al mar!

Él se soltó con un gesto brusco.

–¿Y? –respondió secamente–. ¡No puedo ir a salvar a todas las personas que se caigan al mar! Llévalo a la clínica. Es aquel portal de allí abajo, ¿lo ves? ¡Yo iré en cuanto me haya abastecido de medicinas! Y ahora, si me permites…

El doctor Bowen se apoyó con todo su peso contra la puerta de la farmacia y consiguió cerrarla al segundo intento. A continuación le dio la vuelta al cartel con caracteres dorados que destacaba en el recuadro superior del cristal y en el que ahora se podía leer:

LO SENTIMOS, HEMOS CERRADO.
PARA URGENCIAS,
DIRÍJANSE AL PADRE PHOENIX,
IGLESIA DE ST. JACOBS,
AL OTRO LADO DE LA CALLE.

Anna se quedó mirando el letrero unos instantes antes de cruzar por las pasarelas.

–Es todo tuyo, Jason –murmuró.

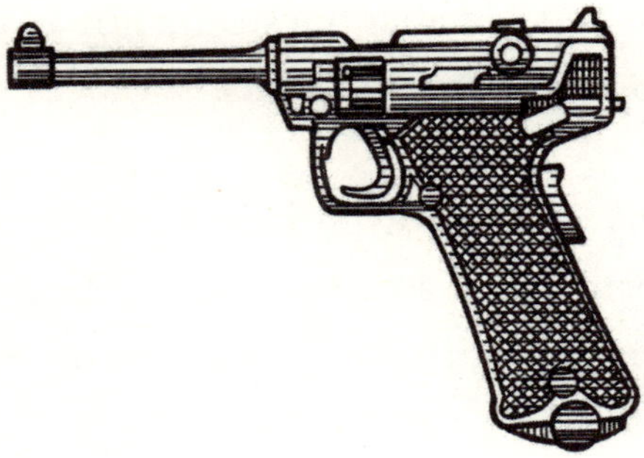

Capítulo 11

MEDICINAS *en la* SOMBRA

Inmóvil en el trastero de las escobas y los trapos del polvo de la farmacia, Jason Covenant contuvo el aliento.

Se había colado por la puerta trasera justo en el momento en que el doctor Bowen intentaba abrir la de la entrada principal. Una vez dentro, se había ocultado en aquel hueco, protegido a duras penas por una cortinilla de rayas color celeste y crema. Milagrosamente, había conseguido no tirar por los suelos todas las escobas y los cubos vacíos que allí había. Justo a tiempo. Había oído al doctor, que estaba girando el letrero de la puerta principal y le lanzaba, entre dientes, un par de imprecaciones a Anna. Después había esperado en su escondite, conteniendo la respiración, hasta que el ruido de una banqueta arrastrada por el suelo le confirmó que Bowen se había puesto manos a la obra.

Jason tragó saliva antes de asomar la cabeza fuera de la cortinilla.

La farmacia de los Bowen había conservando intacta su decoración original: el antiguo suelo de nogal, una enorme caja que servía para guardar las distintas medicinas, y las estanterías de madera negra, desgastadas por años de uso y curvadas bajo el peso de un número infinito de frascos de varias dimensiones, de porcelana blanca y azul, para las plantas oficinales. En el techo, un gran espejo con un marco dorado reflejaba el mostrador y la luz de la lámpara con brazos de vidrio soplado.

El doctor se había quitado los zapatos embarrados y se había subido a una banqueta forrada con una tela de cuadritos. Tratando de mantener el equilibrio, de puntillas, cogió tres frascos de la estantería más alta que después alineó en el mostrador. Por último, resoplando como una locomotora, bajó de la banqueta.

Jason metió la cabeza dentro del trastero.

–A ver, entonces… –gruñó el doctor, abriendo y cerrando precipitadamente los distintos frascos–. ¿Dónde lo habré metido?

Sus manos hurgaron impacientes, haciendo crujir papel y hojitas, y por fin localizaron un paquete crepitante.

–Aquí está –comentó el doctor–. Creo que ya lo tengo… Perfecto. Un poco de esto…

Jason percibió un sonido de metal al entrechocar. ¿Sería una cucharilla en un vaso de latón? ¿Un peso encima de una balanza de precisión? Después oyó un cajón que se abría y se cerraba, el papel que crujía y las manos que hurgaban en un contenedor de hojas secas.

–Y, naturalmente, también un poco de esto. Mejor ser previsores.

El doctor dobló el papel y lo metió dentro de los frascos, los cerró y se subió de nuevo a la banqueta para devolverlos a su sitio. Jason decidió dedicarles una segunda ojeada, para estar seguro de poder reconocerlos, si fuera necesario, entre los miles que se amontonaban en los estantes de la farmacia.

Después sus ojos se fijaron en el fardo que había apoyado en el centro del mostrador. Jason sintió que el corazón se le salía de la garganta: ¡se habría apostado un brazo a que aquel era el morral de Nestor!

Pero ¿qué hacía allí?

Sus sospechas sobre Bowen cobraban cada vez más fuerza. El crujido del suelo le indicó que el doctor se había bajado de nuevo de la banqueta, pero los ruidos que le siguieron fueron más bien misteriosos, así que Jason decidió separar un milímetro la cortina y arriesgarse a echar otra ojeada.

El doctor estaba de pie tras el mostrador, de espaldas a la entrada principal. Había apartado el retrato del médico que había fundado la farmacia, descubriendo una pequeña caja de caudales encajada en la pared.

Sin previo aviso, Bowen lanzó una mirada furtiva a su espalda, y Jason se agazapó instintivamente en su escondite.

Oyó silbar al doctor mientras giraba y volvía a girar la rueda de la combinación.

«¡Cuenta los clics, Jason… Cuéntalos!», se dijo, pero lo único que consiguió memorizar fue una serie indefinida de ti-ti-tic. Después reconoció el ruido de la caja fuerte al abrirse y oyó la voz del doctor Bowen, que decía:

–Ahora, queridas mías, os pondré a buen recaudo.

Jason se asomó de nuevo y entrevió las manos del doctor, que pasaban rápidamente algunos objetos metálicos del morral de Nestor a la caja de caudales. Casi lanzó un grito cuando reconoció la llave del erizo.

Pero ¿cómo era posible?

Esperó con un nudo en la garganta a que aquel innoble acto concluyera. Luego vio a Bowen sacar de la caja fuerte un objeto envuelto en un paño oscuro.

–Y he aquí el toque final –murmuró el doctor, satisfecho. Empuñaba una pistola de largo cañón brillante y negro.

Jason la reconoció al instante: era una vieja Luger, como la del archienemigo del Doctor Mesmero, su personaje de cómic favorito.

¡Una pistola en Kilmore Cove!

Intentando ocultarse entre las escobas y los disolventes, oyó que el doctor Bowen cerraba la caja fuerte… ti-ti-tic, ti-ti-tic… y murmuraba algo incomprensible. Sus pasos resonaron en la madera vieja, cada vez más cercanos, y por último se detuvieron. Justo delante del cuarto de las escobas. Jason estaba seguro de que, a aquella distancia, cualquiera habría podido oír el latido de su corazón.

–¡Menudo desastre! –exclamó el doctor al otro lado de la cortina–. Si Edna llega a ver todo este barro por los suelos, me mata.

«Oh, no. No, doctor Bowen, no. ¡Olvídese del barro por una vez!»

–Será mejor limpiar un poco.

Cuando la cortinilla se abrió de golpe, Jason se quedó paralizado en la penumbra, como una estatua de sal. El doctor se encontraba a treinta centímetros de él con la cortinilla del trastero en la mano, mirándose ensimismado los pies y controlando el suelo. Jason estaba seguro de haber distinguido el bulto de la pistola bajo su impermeable.

Después, justo cuando el chico pensaba que ya estaba perdido, sucedió algo increíble: el doctor se convulsionó en una carcajada gutural, estentórea, y volvió a cerrar la cortinilla de golpe.

–¡Pero qué más da! –concluyó alejándose del trastero.

Pocos instantes después, Jason lo oyó salir por la puerta de atrás de la vieja farmacia.

Una vez solo, se apoyó contra la pared del trastero y empezó a deslizarse hacia abajo poco a poco, hasta acabar sentado en el cubo de la fregona.

Fueron necesarios varios golpes en la puerta para que se recobrase y fuera a abrir a Anna.

–¡Por fin! ¿Qué tal te ha ido? –le preguntó ella sonriendo–. ¿Estás bien? ¿Qué haces con un cubo pegado al culo?

Jason miró rápidamente a la calle: el cielo estaba cubierto por una oscura luz grisácea y los edificios de madera de Kilmore Cove eran un montón de chozas desmoronadas.

Le hizo una seña a Anna para que entrara rápidamente. Colocó el cubo en su sitio y a continuación, con un hilo de voz, le contó todo lo que había descubierto.

–¡No me lo puedo creer! –exclamó finalmente la chica–. Y ahora, ¿qué hacemos?

–Hagamos lo que hagamos, tenemos que hacerlo ya –sugirió Jason–. Antes de que vuelva.

Obedeciendo sus propias palabras, Jason atravesó la farmacia, se detuvo bajo el espejo del techo y apartó el cuadro que retrataba al fundador de la dinastía de farmacéuticos.

–¡Tenía todas nuestras llaves y las ha metido ahí dentro! Solo que no he conseguido memorizar los números de la combinación…

–¿Y has visto si ha hecho alguna otra cosa además de abrir y cerrar la caja fuerte? –preguntó Anna.

La farmacia se hallaba en perfecto orden, como puesta a punto para una fotografía.

–Pues además de ponerse a hurgar en el morral de Nestor… antes ha estado con unos frascos.

Imitando al doctor Bowen, se subieron a la banqueta, se pusieron de puntillas y cogieron de la estantería los tres recipientes que el farmacéutico había seleccionado poco antes. Después los colocaron en el mostrador y los observaron con atención. Eran blancos y azules, como todos los demás. En la etiqueta estaba escrito con una esmerada caligrafía:

Enebro
Hipérico
Cincoenrama

Abrieron el primer frasco, el de la etiqueta «Enebro», y vieron que estaba lleno de minúsculas bayas oscuras.

Sin demasiados miramientos, Jason metió la mano dentro.

–¡Es el mismo ruido de antes! –exclamó triunfalmente–. ¡Le he oído rebuscar justo aquí dentro!

Después sus dedos rozaron un objeto de consistencia diferente, que se hallaba oculto bajo una capa de bayas. Con enorme sorpresa para ambos, Jason extrajo del frasco un pequeño paquete: era un envoltorio de papel parafinado muy viejo que protegía unos diminutos objetos tintineantes. Encima del envoltorio, escrito con la caligrafía regular del doctor Bowen, podía leerse: «Poción del sueño». En su interior había unas ampollas con un líquido color azafrán.

–Vamos a mirar en los demás... –murmuró Anna, sorprendida.

Dentro del frasco del hipérico encontraron cuatro frasquitos de «Filtro del rápido despertar». El de la cincoenrama escondía, en cambio, algunas dosis de «Poción del grandísimo dolor de tripa».

–¡Vaya con el doctor! –exclamó Jason–. ¡Tras ese aspecto de médico honrado se esconde un peligroso traficante de antiguas pociones!

Anna levantó la ampolla de color violeta vivo del Grandísimo Dolor de Tripa.

–¿Tú crees que funcionan de verdad? Estas cosas existen solo en los cuentos...

–O en otros lugares imaginarios –añadió Jason, con aire pensativo–. Quién sabe cuándo y dónde han sido preparadas. Y quién sabe cómo ha conseguido el doctor hacerse con ellas...

En aquel momento, un ruido imprevisto proveniente de la calle los sobresaltó.

–Tenemos que darnos prisa –dijo Anna, levantando los envoltorios de papel parafinado–. ¿Qué hacemos con estos?

–Cógelos –propuso Jason–. Y vamos a colocar los frascos en su sitio.

Lo hicieron rápidamente. Pero quedaba el problema de las llaves en la caja de caudales.

Registraron dentro de los cajones del mueble. Pero, dejando aparte un talón de facturas, un catálogo por correspondencia de adornos para el jardín, un bloc de notas prácticamente nuevo y una revista de crucigramas, no había nada.

–Te apuesto a que aunque miráramos con un microscopio no encontraríamos ni una mota de polvo –comentó Anna, impresionada ante tan escrupulosa limpieza.

Jason hojeó malhumorado el talón, el catálogo y la revista. Esperaba, si no conseguir abrir la caja fuerte, cuando menos encontrar en alguna parte una copia de las llaves de la farmacia para poder entrar en el futuro. En cambio, no solo habían perdido de vista al doctor, sino que ni siquiera habían descubierto dónde estaban Rick y Julia ni qué les había pasado a los demás.

–¿Por qué no volvemos a probar con la libreta? –propuso Anna en un momento dado–. A lo mejor precisamente ahora están asomados. –Y con un movimiento rápido extrajo del bolsillo de su mochilita la libreta de Morice Moreau y la abrió.

Otro ruido de la calle les hizo correr a esconderse detrás del mostrador. Y allí se quedaron, con las piernas cruzadas y la libreta del dibujante francés abierta sobre las rodillas. Anna hojeaba rápidamente las páginas amarillentas, confeccionadas con un papel chino de propiedades sobrenaturales, y las oía crujir levemente entre los dedos.

Después, como esperaba, en el marco de la página habitual vio asomarse el retrato de Julia.

–¡Está tu hermana! –exclamó excitada, apresurándose a posar rápidamente la mano en la ilustración.

Jason soltó un suspiro de alivio.

–¡Corre! ¡Pregúntale cómo está!

Anna Bloom cerró los ojos y comenzó a comunicarse con Julia a través de las páginas de la libreta, de la que ambas tenían un ejemplar. Existían otras dos solamente. Y solo cuatro lectores, por lo tanto, se podían comunicar a través de sus dibujos.

La conversación esta vez fue más bien rápida.

–Malas noticias, Jason –refirió casi enseguida Anna–. ¡El doctor los ha encerrado con llave en un sótano!

La **farmacia** *de los* **Bowen**

Pempley Road

Capítulo 12

La LLAVE *en la* CERRADURA

May Square ya no existía.

La bonita plaza del barrio viejo de Kilmore Cove, con su pavimento empedrado y su fuente en el centro, había quedado reducida a un cúmulo de barro y restos. La oficina de Correos, a un lado de la plaza, estaba completamente inundada. Al otro lado, el edificio de la librería de Calypso se había desmoronado. Ya no estaban ni los escaparates, ni la puerta con la campanilla colgada, ni el banco de delante de la entrada. Solo había un montón informe de escombros.

Los libros se hallaban esparcidos un poco por todas partes: una papilla de papel y cartón recubría el empedrado de las aceras, las portadas oscilaban en el aire, las páginas estaban pegadas contra las paredes de las viejas casas de piedra.

Un gran número de personas, armadas con palas, escobas y herramientas, trabajaban limpiando las calles. Los albañiles habían comenzado ya a apuntalar los muros dañados o arrancados por la fuerza del agua. Los dos fontaneros del pueblo, siempre en competición para acaparar clientes, habían firmado un armisticio silencioso y pasaban de casa en casa arreglando lo que podían. Para evitar males mayores, habían cortado la corriente eléctrica en casi todo el pueblo.

Los hermanos Tijeras y los primos Flint miraban con aire cansino lo poco que quedaba en pie de la librería.

–¿De verdad estabais ahí dentro? –preguntó otra vez el de rizos, señalando el abismo oscuro que se abría donde, hasta hacía unas horas, se alzaba la librería de Calypso.

El gemelo rubio se apoyó contra un muro para mirar dentro y derrumbó una parte.

–Sí, y la puerta está ahí abajo, en la parte de atrás –confirmó testarudamente el Flint pequeño, cruzando los brazos sobre el pecho.

–Justo ahí, en la parte de atrás –repitió el Flint mediano, asumiendo la misma postura del primo más pequeño.

–¿Y ahora podemos ir a la pastelería Chubber? –se quejó el Flint grande, que junto al movimiento del brazo no había tardado en recuperar también el apetito.

El interior del edificio parecía arrasado por una explosión. Los tabiques, las puertas y las ventanas se habían derrumbado. Y en el piso de arriba no había quedado intacto ni un solo cristal.

–Ya no creo que exista la puerta que decís –observó el rubio, echando una ojeada al interior del agujero negro gracias a la luz de un encendedor de puros.

Después saltó sobre un cúmulo de escombros y se adentró en la casa entre charcos de agua y cascotes. El techo goteaba continuamente. Intentó adivinar dónde podía encontrarse la parte de atrás de la que hablaban los chicos, dado que no había quedado en pie ni un solo tabique. Caminó pisando cristales y ladrillos rotos y, finalmente, se detuvo.

Levantó el encendedor. Y descubrió que había una persona envuelta en la penumbra de la librería.

Quienquiera que fuese, no dio la impresión de darse cuenta de su llegada: les daba la espalda y contemplaba, con las manos cruzadas a la espalda, la única porción de muro que había quedado en pie. Y también una puerta encajada en el centro.

–Se ve perfectamente incluso sin luz –dijo el desconocido sin volverse.

El rubio reconoció con turbación la voz seca de su jefe.

–¿Doctor Voynich? ¿Es… usted?

Al oír su nombre, el jefe de los Incendiarios volvió el rostro.

–Ah, Tijeras. ¿Qué haces aquí?

El rubio pisó algo roto en el suelo y tropezó con una masa de cartón.

–¡Temíamos que la riada le hubiera arrastrado al mar! ¡Le hemos buscado por todas partes!

–¿Tú no deberías estar en Francia?

–Pues sí. Estaba allí, jefe, pero después…

–No importa –replicó tajante Malarius Voynich. Y volvió a concentrarse en la vieja puerta.

Un goteo persistente subrayó el silencio que siguió a la breve conversación.

–Me alegro mucho de que el agua no lo haya arrastrado al mar, doctor Voynich –añadió después el rubio.

–Pues ha sido solo cuestión de suerte. Nos dimos cuenta de que llegaba la riada justo a tiempo de… quitarnos de en medio y ponernos a salvo. Lo que me pregunto es cómo pudo formarse.

–Nuestro informador sostiene que el agua salió de aquella puerta después de haber girado una llave.

–¿Y tú lo consideras un informador fiable, Tijeras?

–Si quiere hablar con él… está aquí fuera.

Los cascotes crujieron bajo los zapatos de Voynich. Por su expresión resultaba imposible adivinar lo que estaba pensando realmente.

–¿Sabes qué me recuerda todo esto? –dijo después de un largo silencio–. Un cuento que leí de niño. Era una especie de historieta. Un niño se fue a dormir sin cerrar el grifo del baño. Durante la noche, en el pueblo hubo una inundación y, al día siguiente, cuando el niño se despertó y vio el pueblo inundado, creyó que había sido culpa suya.

–¡Qué historia más bonita, jefe! –se congratuló el gemelo rubio.

El crujir bajo los pies de Voynich se convirtió en un gemido helador.

–¿De verdad te parece una historia bonita? ¿Un niño inocente que tiene que cargar con todo el peso de la responsabilidad del mundo adulto?

El hermano rubio tragó saliva, incapaz de replicar. Siguió un goteo que pareció eterno.

–Todo esto me confunde –prosiguió Voynich al cabo de un momento–. Hemos venido aquí para desembarazarnos de un librito juvenil y de su carismático autor, quien, no por casualidad, es el retoño de esa misma familia de excéntricos que hace un tiempo poseía el edificio en el que tenemos nuestra sede. Y ahora nos encontramos hablando de una puerta imposible en una librería inundada como si fuera todo perfectamente normal. ¿No te parece completamente absurdo?

–¡Oh, ya lo creo que lo es! –exclamó en ese instante un recién llegado mientras atravesaba con cierta agilidad lo que quedaba de la librería–. ¡Y esta absurdidad tiene que terminar de una vez por todas!

Cuando llegó hasta donde estaban los otros, se presentó.

–Soy el doctor Bowen. Encantado –le dijo al gemelo de pelo rubio–. Les estaba buscando.

–Ah, sí. Es usted el amigo de mi hermana –lo saludó Voynich con una cierta frialdad, volviendo a pensar en el desagradable encuentro que habían tenido pocas horas antes en la posada de la playa.

–Sí, pero le confieso que su hermana era solo una excusa para acercarme a usted. Cuando lo he visto con Black Vulcano, no podía dar crédito a mis ojos y quería estar seguro de que fuera de verdad usted, doctor Marius Voynich. ¿O debería llamarle Malarius?

Voynich lo miró fijamente, impasible como una estatua de sal.

–La cuestión es que creo saber a qué se dedican ustedes... –añadió el doctor Bowen–. Y me parece que necesito sus servicios.

–Ilumíneme, doctor Bowen –le dijo Malarius Voynich sin andarse por las ramas–. ¿Por qué motivo deberíamos brindarle nuestros... «servicios»?

–Yo conozco con pelos y señales la historia de esta puerta... –respondió el doctor con una sonrisa–. Y de muchas otras también. Se la puedo contar si quieren.

–Sería muy amable por su parte –dijo el rubio.

–Pero antes, como les decía, necesitaría su ayuda.

–Sin ánimo de ser indiscreto, ¿le puedo preguntar por qué? –insistió Malarius Voynich.

–Es muy sencillo –explicó el doctor–. Para que esta historia tenga un final feliz, debemos quemar la casa del acantilado.

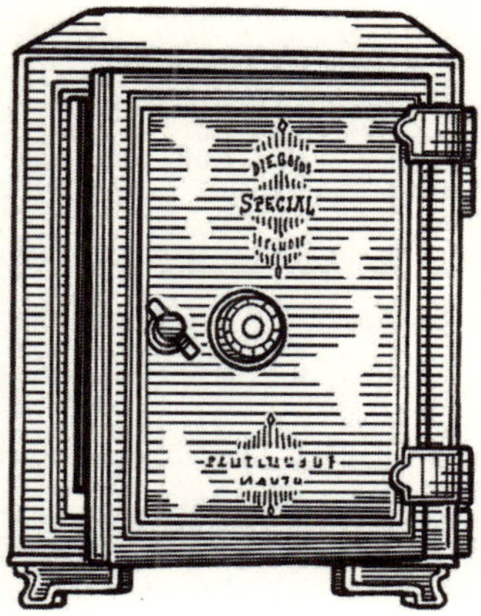

Capítulo 13

La CAJA FUERTE

–Razonemos… –murmuró Jason.

Anna y él seguían escondidos detrás del mostrador de la farmacia. La chica, que tenía todavía la libreta abierta en las rodillas, lo miraba fijamente con aire preocupado, mientras él mantenía la cabeza reclinada hacia atrás y se daba golpecitos en la frente con una revista de crucigramas enrollada, como si intentase sacar a la luz alguna idea.

–¡Uf, estamos los cuatro bloqueados! –exclamó frustrado al cabo de un rato–. Ellos necesitan que alguien los saque de allí y nosotros recuperar las llaves de la caja fuerte antes de que vuelva el doctor. ¡Y por más que me esfuerzo, no se me ocurre nada!

–Han dicho que el cuarto en el que se encuentran encerrados está lleno de notas. Quizá haya alguna en la que ponga la combinación de la caja fuerte –aventuró Anna, con poca convicción.

–Bueno, total, no cuesta nada intentarlo…

La chica posó de nuevo la mano en el marco con el retrato de Julia y cerró los ojos. Después de unos extenuantes segundos de espera, los volvió a abrir.

–Están mirando, pero… parece que no hay nada. Por otro lado, dicen que están casi seguros de que el doctor se está preparando para marcharse del pueblo.

–¿Cómo?

–Parece que acaba de vender la casa de campo y que está listo para mudarse –refirió Anna.

–¡Claro! –exclamó Jason, dando un manotazo a la revista de crucigramas–. Ahora que tiene todas las llaves del tiempo… suelta amarras.

–Hay algo más… –añadió la chica–. Han encontrado una extraña caracola.

Jason abrió la revista y comenzó a hojearla mecánicamente.

–¿Extraña por qué?

–Estaba en el frigorífico, detrás de las botellas de agua, y…

–¡Espera un momento! –la interrumpió bruscamente Jason. Había notado algo extraño en las páginas de la revista de crucigramas. O a lo mejor no era extraño, pero en cualquier caso era algo–. Los crucigramas… ¡El doctor es un apasionado de los crucigramas!

–¿Y?

–Mira esto –respondió Jason, plantándole las páginas a Anna en la cara–. El doctor completa los crucigramas siguiendo un método muy personal: no empieza uno y lo termina, los empieza todos a la vez… y después los va completando poco a poco. Hace tres o cuatro al mismo tiempo.

–Jason, no tenemos tiempo… –murmuró Anna, sacudiendo la cabeza–. Tenemos que irnos de aquí: el doctor Bowen podría volver de un momento a otro.

–¡No pienso dejar las llaves del tiempo en la caja fuerte!

La chica le lanzó una mirada de reproche.

–¡En mi opinión, ahora mismo hay cosas más importantes de las que preocuparse! ¡Julia y Rick necesitan nuestra ayuda! Y después tenemos que descubrir adónde han ido a parar todos los demás: si están bien, si todavía están… –La chica se interrumpió, incapaz de concluir la frase.

Jason se mordió nerviosamente el labio. Anna tenía razón, naturalmente, y sin embargo… había algo en los crucigramas del doctor Bowen… Algo que no podía definir, pero que estaba seguro de que era importante. Decidió ignorar las protestas de su amiga y se agachó para examinar mejor la revista.

«Es metódico y hace siempre las cosas en el mismo orden –reflexionó–. Y eso lo convierte en un ser previsible. Los primeros crucigramas están todos completos…»

Pasó rápidamente las páginas.

Anna cerró la libreta.

–Jason, ya basta. Tenemos que irnos de aquí.

«Empezado, por la mitad...»

–¿Jason?

«Solo empezado. Solo empezado. Y solo empezado.»

La chica le rozó una mano.

–Tenemos que ir a liberar a tu hermana y a avisar a alguien –susurró con voz extrañamente tranquila.

–Anna, por favor, dame solo un segundo –dijo Jason, implorante–. Mira: Bowen no resuelve nunca los crucigramas partiendo del uno. Cuando haces un crucigrama, empiezas siempre por el uno. Haces la línea horizontal y, si no te sale, pruebas con las verticales. Es así como se hace normalmente. Pero él no...

–¿Y qué? Tiene su método, como todos...

–¡Sí, pero el suyo es un método maniático! ¿Ves esto? ¡Empieza por la mitad... y también aquí... y también en este! Y también empieza siempre por el mismo número. ¿No será...?

Jason comparó rápidamente los últimos crucigramas, apenas comenzados. Después alzó los ojos y miró la rueda de la caja fuerte.

–Intentémoslo, Anna.

–¿El qué? –preguntó ella sin mucho convencimiento.

Jason cogió el último crucigrama de la revista, donde había una sola definición resuelta, y dijo:

–Si he adivinado cuál es su método, entonces Bowen empieza siempre por el mismo número: el trece. Vertical u horizontal. Da igual. Así que pon la rueda de la caja fuerte en el trece.

–¡Jason, no tiene sentido!

–¿Qué nos cuesta intentarlo? ¡Total, no tenemos alternativas! Haz lo que te digo, anda.

Anna se levantó resoplando, se acercó a la caja fuerte y giró la rueda de la combinación hasta el número trece.

–Ya está.

Jason pasó hacia atrás las páginas de la revista.

–Ahora gírala hasta el veintisiete.

Anna giró una segunda vez la rueda.

–¿Luego?

–Treinta y nueve.

–Es completamente absurdo, Jason.

–¿Lo has hecho?

–Sí, sí.

«Tac», hizo la caja fuerte.

–¿Qué te había dicho? –exclamó Jason, al tiempo que se ponía de pie y arrojaba la revista al suelo.

Trece, veintisiete, treinta y nueve: los números de la suerte del doctor. Su método para resolver los crucigramas. Y la combinación de su caja fuerte.

Anna se había quedado de piedra. Incrédula, abrió de par en par la puerta de metal de la caja fuerte y sacó lo que había escondido el doctor: la caja de las llaves, que contenía también las cuatro de la Puerta del Tiempo de Villa Argo y la de la ballena, aún húmeda.

–Lo primero que ha hecho... –susurró Jason con desdén–. ¡En lugar de pensar en los heridos, él lo primero que ha hecho ha sido ir a coger la llave de la ballena!

–¡No hay tiempo para comentarios! –le recordó Anna–. ¡Vámonos ahora mismo de aquí!

Metieron las llaves en la mochila con cuidado de no romper las ampollas de las pociones que habían encontrado en los botes de las hierbas. Después volvieron a cerrar la caja fuerte, pusieron el retrato en su lugar y se dirigieron a la puerta de atrás.

Antes de abrirla, Anna se volvió hacia Jason.

–Vamos a por tu hermana y a por Rick, ¿verdad?

–No estoy seguro de que sea lo primero que debamos hacer –respondió él.

–¡Pero somos su única posibilidad de salir de aquella habitación! –protestó la chica.

–Sí, pero puede ser peligroso... ir así. Antes tendríamos que conseguir unas cuantas cosas.

–¿Como por ejemplo?

–Un medio de transporte veloz, para empezar... –Jason hizo una pequeña pausa–. Y armas.

Anna no daba crédito a lo que oía.

–Estás bromeando, ¿verdad?

–¡Para nada! Él tiene una pistola, ¿recuerdas?

–¿Y tú entonces qué piensas llevar? ¿Fusiles?

Jason le dirigió una sonrisa ladina.

–No exactamente, pero algo parecido… ¡Vamos!

Salieron al callejón de detrás de la tienda y desde allí se dirigieron a paso veloz hacia el cobertizo por el que habían pasado antes.

–Y además, ¿sabes qué te digo? –dijo Jason cuando llegaron a la verja que delimitaba el patio interior, lleno de neumáticos–, a Rick y a mi hermana no les vendría mal pasar algún tiempo juntos sin que nadie les moleste.

Anna rió a su pesar.

–¡Eres tremendo, Covenant!

Capítulo 14

ACANTILADO ARRIBA

–¿Se puede saber entonces quién ha construido esas puertas? –preguntó con tono cansino uno de los hermanos Tijeras, sentado en el coche que subía la carretera costera en dirección a Villa Argo.

–Pregunta fácil: ¡los constructores de puertas! –respondió riendo el doctor Bowen desde el asiento del conductor.

–Su respuesta me recuerda aquello de: «Cinco minutos antes de la muerte, aún estaba con vida» –citó el de rizos.

–¡El señor de La Palisse! –dijo el rubio, reconociendo la cita al vuelo.

–De todas formas, no tiene importacia saber quién ha construido las puertas… –añadió el doctor, poniéndose serio de repente–. Ahora lo importante de *verdad* es que desaparezcan de una vez por todas. No han sido construidas para hacer turismo de aventura. O para buscar a una mujer... –Esta última frase la dijo casi con rabia–. ¡Como habéis podido comprobar, son puertas muy peligrosas, cuyas llaves no pueden ser confiadas a unos mocosos! Son unos críos, ¿os dais cuenta?

–Hablando de críos... –observó en ese momento el gemelo rubio, mientras se daba la vuelta para mirar desde la luna de atrás el tramo de carretera costera que el coche había subido ya–. ¿Creéis que esos tres nos seguirán?

Los «tres» a los que se refería eran los primos Flint, que no tenían plaza en el pequeño utilitario color café con leche del doctor (y a los que de todas formas, aunque hubiera habido sitio, no habrían dejado subir, dada la cantidad de barro que todavía llevaban encima).

–Les he dado diez libras –respondió su hermano con una sonrisa irónica–. Y les he prometido otras diez si nos echan una mano para terminar el trabajo.

–A propósito... –intervino de nuevo el rubio, agarrándose al asiento de piel de imitación en el que estaba sentado Voynich, al lado del conductor. Durante todo el viaje, el jefe de los Incendiarios había permanecido en absoluto silencio, sumido en una melancólica contemplación del mar salpicado de desechos–. ¿Por qué está convencido de que es necesario, doctor Bowen? Me refiero a prender fuego a toda la casa...

–Lo creáis o no –respondió tranquilo el doctor–, habéis sido precisamente vosotros quienes me habéis sugerido la idea. Hasta ayer, de hecho, me había limitado a recoger información sobre toda esta historia y sobre sus protagonistas. Incluidos vosotros, los Incendiarios, naturalmente. ¡Pero el encuentro con vuestro jefe en la playa ha sido como una señal del destino! Y la inundación, inmediatamente después, ha sido la clásica «gota que colma el vaso», si me permitís la broma. Una enorme gota que me ha convencido de pasar a la acción.

–¿Y por qué, si puedo preguntarlo –insistió el otro–, necesita nuestra ayuda?

–¡Pero qué pregunta! –replicó el doctor–. Vosotros sois los expertos en este «campo», me parece. Yo en mi vida he encendido una chimenea siquiera y no sabría ni por dónde empezar a prender fuego a un edificio entero. –Pisó el acelerador–. En todo caso, si es eso lo que te preocupa, el único propietario legítimo no tendrá nada que objetar: ya me he preocupado yo de «calmar» sus eventuales protestas –añadió con malicia.

El rubito decidió que era mejor no indagar más y se recostó en el respaldo.

–¡Ay! –protestó un momento después–. ¡Hay algo puntiagudo en el maletero que se clava contra el respaldo del asiento!

–Imagino que se refiere al perchero profesional de mi mujer… –respondió el doctor, tomando bruscamente una curva. El cielo y el mar celestes dieron paso a las matas de lavanda y a la roca blanca del acantilado–. Nunca salimos de viaje sin él.

–¿Se van de viaje?

–¡Pues sí! –exclamó el doctor–. ¡En cuanto haya dejado zanjado el asunto «Villa Argo», me llevaré a mi mujer de este lugar de mala muerte… para siempre!

El acelerón que siguió obligó a los tres Incendiarios a agarrarse a los asideros que había encima de las ventanillas.

Después fue el turno del gemelo de ricitos de volver a la carga con otra pregunta.

–Perdone, pero… si usted y su mujer se van, ¿por qué se está tomando tan a pecho el asunto de la casa del acantilado, de las puertas y de las llaves?

Esta vez el doctor pareció perder su aplomo y desahogó toda la rabia contenida.

–¡Dices bien! ¡Pero yo no soy como los demás! Yo no hago como si algo no existiera mirando hacia otro lado. ¡Es una cuestión de principios! ¡Hace años que los observo! ¡Años! Escucho a los enfermos, a los viejos, a los moribundos, a los locos. Y todos, unos más y otros menos, conocen un pedacito de la historia. La puerta de aquí, la puerta de allí. ¡Esas viejas llaves que tenía en la caja fuerte y después han desaparecido! ¡El propietario de Villa Argo que no sale nunca de casa! ¡El relojero loco que huye de un día para otro! ¡La señora que se despeña por el acantilado! ¡Los dos gemelos de Londres que meten las narices por todas partes!

Bien, ¿sabes lo que te digo? ¡Que ha llegado la hora de decir basta!

–¿Para quién trabaja usted? –preguntó entonces Voynich, que hasta aquel momento había permanecido en silencio.

–¿Cómo?

Como un presagio, la torre de Villa Argo apareció en el horizonte, recortándose contra el cielo nublado.

–Le he preguntado que para quién trabaja. Verá, todos esos bonitos discursos sobre los principios no me producen el más mínimo efecto. Personalmente, encuentro mucho más plausible que alguien le haya contratado para reunir las llaves y borrar del mapa la casa del acantilado a cambio de llenarse los bolsillos con un buen puñado de monedas y cambiar de aires.

El rostro del doctor Bowen se ruborizó de golpe.

–¿Qué está insinuando?

–No estoy *insinuando* nada, querido doctor. Simplemente estoy *preguntando*. Si usted y su mujer han decidido irse, un buen dinerito extra les podría venir bien.

Las palabras de Voynich enfurecieron a Bowen, hasta tal punto que el doctor no consiguió traducir en palabras toda aquella rabia y prefirió sumirse en un mutismo lleno de rencor, aferrándose al volante como un escalador a la cuerda de ascenso.

Voynich, por su parte, una vez logró que volviera a hacerse el silencio que tanto ansiaba, dejó correr de nuevo la mirada sobre el horizonte marino, suspirando ante la imagen de su coche arrastrado hacia el mar con todo lo que contenía. Incluido su preciado manuscrito.

Se detuvieron frente a la verja cerrada de Villa Argo. Bowen se quitó el cinturón, sacó las llaves del salpicadero y fue a abrir la puerta.

–Entonces –añadió Voynich, antes de que el doctor se bajara del coche–, si quiere que le ayudemos a quemar esta casa, encuentre u ordene a aquellos para los que trabaja que encuentren un medio para marcharnos de aquí cuando hayamos terminado.

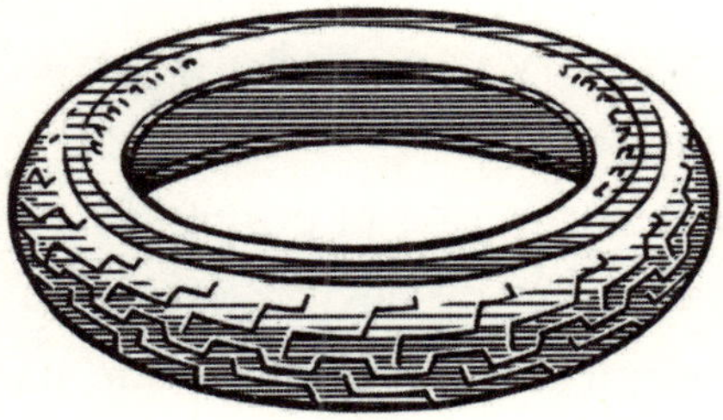

Capítulo 15

MANOS *de* TERCIOPELO

–Manos de Terciopelo tiene las viejas bicicletas allí dentro –explicó Jason señalando el cobertizo–. Es el primo de Fred Duermevela y debería de ser zapatero. Pero su verdadera pasión son las ruedas y la chatarra.

–Ya lo veo –observó Anna con la nariz pegada contra la reja que protegía el patio del cobertizo y las montañas de cubiertas de neumáticos, cascos de barcas, timones, tubos de escape y puertas de automóviles–. ¿Y me estás diciendo que le robemos las bicis?

–No, te estoy diciendo que las cojamos prestadas –respondió Jason cándidamente–. Si supiera que es para una emergencia, nos las dejaría él mismo. Pero en este momento no está. Y no tenemos tiempo de ponernos a buscarlo. –Se agarró a las rejas y comenzó a trepar–. La verja no se abre desde fuera…

–No me gusta cómo se está poniendo esto… –murmuró Anna con un mohín de desaprobación.

Lograron franquear el recinto sin que nadie los viera y saltaron al suelo del otro lado. Después, rapidísimos, se metieron en el primero de los pasillos formados por las cubiertas apiladas.

–Podríamos dejarle una nota para decirle que le devolveremos las bicis lo antes posible… –propuso Anna, mientras daban vueltas entre el montón de neumáticos como exploradores en medio de una selva de goma recauchutada.

Las cubiertas estaban apiladas unas sobre otras según las dimensiones: neumáticos de coche, de camión, de tractor, ruedas de moto y de bicicleta, llantas oxidadas, compartían espacio con tubos de escape que sobresalían de los montones como flores marchitas.

Jason se orientaba en medio de toda aquella chatarra como si llevara una brújula. Después de una decena de curvas, finalmente llegaron al porche de latón del cobertizo.

–Ya estamos en el taller –anunció el chico.

A la sombra del porche yacían bicicletas, piezas de moto, chasis de automóviles y asientos desfondados llenos de pelos de perro.

–Pero ¿para qué querrá este Manos de Terciopelo toda esta basura? –preguntó Anna, contemplando con una mezcla de admiración y repulsa aquella montaña de engranajes, tubos, pistones y ruedas dentadas.

–Rick sostiene que aquí puedes encontrar cualquier pieza de cualquier modelo de vehículo que haya pisado una carretera. Y probablemente tiene razón. Por aquí, ven.

Llegaron al portón del taller y echaron una ojeada para comprobar si había alguien. Pero estaba cerrado y no se veía un alma. Desde el portón, un pasillo despejado, más ancho que los que habían atravesado para llegar hasta allí, se abría camino serpenteando hasta la verja.

–Manos a la obra... –propuso Jason, señalando una cascada de bicicletas que parecían un poco menos destartaladas que las demás–. En este lugar Peter Dedalus se sentía como en su casa... –explicó, mientras empezaba a separar las bicicletas a golpetazos–. Cada vez que tenía que construir uno de sus artilugios, venía a este taller para elegir las piezas. Pero tú no lo conociste, no lo puedes entender.

–Pero he viajado en su globo –recordó Anna.

Jason, con el pelo alborotado, colocó la primera bici delante y la examinó detenidamente con una mirada que parecía experta.

–A Rick le gustaría. Una.

Se la pasó a Anna, diciéndole que la apoyara cerca del portón, donde estaba el interruptor que abría la verja. Después sacó del montón una segunda bici, color fucsia y óxido.

–No está muy nueva que digamos... –comentó–. Pero puede funcionar, creo.

–Muy bien, Jason –respondió la chica poniéndola cerca de la primera bici. Solo entonces se dio cuenta de que, al lado de un asiento desfondado, había una cadena abandonada y un gigantesco cuenco de agua–. Algo me dice que tenemos que darnos prisa…

Pero mientras tanto Jason había dejado atrás un montón de chatarra particularmente alto y estaba lanzando una retahíla de apasionadas exclamaciones:

–¡Oh! ¡Ah! ¡Vaya!

Anna fue hasta él y le preguntó qué había visto.

Jason se hallaba en cuclillas delante de una flamante moto antigua de color rojo. Las piezas desparramadas por el suelo indicaban que Manos de Terciopelo estaba trabajando en ella: la moto tenía un enorme faro redondo, un carenado compacto y un tubo de escape brillante como la plata.

–¡Qué maravilla! –añadió Jason, acariciando el largo sillín negro–. ¡Es una MV Agusta original!

–A mí me parece un cacharro –observó Anna con aire aburrido.

–Estás bromeando, ¿verdad? ¡Esta joya es simplemente la mejor moto de carretera de todos los tiempos!

Y con un movimiento ágil se montó encima.

Anna lo miró, escéptica.

–Es mejor que te bajes enseguida, a ver si aún te vas a hacer daño. Eres demasiado pequeño para llevar una moto de ese tipo.

–Tranquila, sé lo que hago –replicó, un poco ofendido.

Jason acercó la mano a las llaves y…

¡UAU!

Anna se volvió de golpe hacia el patio. Pero no tuvo tiempo de preguntarle a Jason si él también lo había oído.

Por uno de los pasillos del laberinto de neumáticos asomó de repente un perro gigantesco, una criatura mezcla de jabalí y cría de elefante. Un misil de pelo hirsuto y erizado como alambre, con dos alfileres negros en lugar de ojos y unas fauces rojas, abisales, abiertas de par en par, en lugar de boca.

–¡OH, CIELOS! –gritó el chico, poniendo instintivamente en marcha la moto–. ¡REGAN ESTÁ SUELTO!

El motor 125 de la moto soltó una explosión similar a la de una granada de la Primera Guerra Mundial, pero se encendió.

–Pero ¿qué estás haciendo? ¿Te has vuelto loco? –gritó Anna.

Jason la miró con una expresión desesperada y le gritó:

–¡Abre la verja! ¡Abre la verja!

El interruptor estaba a cinco pasos de ella. Anna oía por un lado el ladrido de Regan y por el otro el estruendo de la moto, y no acababa de decidirse sobre qué era peor, si chocar contra un muro o acabar devorada por una fiera furiosa.

Sin esperar a que Anna se decidiera, Jason quitó el caballete de la moto y aceleró. La moto se alzó como un purasangre desbocado y bajó la tarima de un salto. Jason consiguió dominarla y trazar una media luna en el patio, sin dejar de dar gas. Levantó una cortina de humo negro y una estela de grava a su alrededor, logrando por todo resultado que el perro enfureciera aún más.

Anna, mientras tanto, había llegado hasta el interruptor que abría la verja. Lo pulsó de un manotazo, se dio la vuelta y se lanzó en pos de Jason, que intentaba domar su purasangre lanzapetardos.

–¡SUBE! ¡SUBE! ¡SUBE! –le gritó él, haciendo girar la moto sobre sí misma.

La verja comenzó a abrirse con una lentitud exasperante y Regan ya estaba sobre los tobillos de Jason, pero las vueltas sin control del chico parecían haberlo desorientado un poco.

Cuando pasó junto a la tarima, Anna saltó al sillín. Por un momento se vio caer rodando al otro lado, entre las mandíbulas babosas de aquella bestia feroz. Pero dio con el trasero en el carenado rojo y consiguió agarrar a Jason por el cuello. Mantuvieron el equilibrio de milagro.

–¡AGÁRRATE FUERTE! –gritó Jason.

Anna no se lo hizo repetir dos veces y, con el corazón en la garganta, se sujetó como pudo, justo a tiempo de evitar salir despedida por la repentina aceleración.

Avanzaron hacia la verja, con la esperanza de que se abriera. Los márgenes de su campo de visión estaban salpicados de neumáticos y amasijos de chatarra.

–¡TENEMOS QUE CONSEGUIRLO, TENEMOS QUE CONSEGUIRLO, TENEMOS QUE...! –gritaba Jason como si recitara un mantra, mientras Anna miraba fijamente, con los ojos fuera de las órbitas, la verja cada vez más cercana, cada vez más cercana, cada vez más cercana...

Cerró los ojos un momento cuando vio que estaban a punto de estamparse contra los barrotes de hierro. Al volver a abrirlos, se dio cuenta de que lo habían conseguido *de verdad*.

Se volvió y solo vio una nube negra. Y dentro de aquella nube negra un monstruo que los perseguía ladrando, loco de rabia. Anna se agarró aún más fuerte a la cintura de Jason. Salieron a la carretera y se dirigieron hacia la playa. Aquel demonio de pelo erizado gruñía pegado a sus talones. Calles, carteles, casas, pasaban como una exhalación y quedaban atrás.

En la primera curva de verdad, Jason se inclinó demasiado tarde y la moto salió derecha a toda velocidad, rozando el quitamiedos del lado opuesto.

–¡ME HABÍAS DICHO QUE SABÍAS CONDUCIRLA! –gritó Anna cuando vio que se les venía encima la curva siguiente.

Pero esta vez Jason redujo la velocidad, se inclinó sobre el asfalto y trazó una curva prácticamente perfecta con la moto. Después, aceleró al máximo.

–¿Está ahí todavía? –le gritó a Anna, sin dejar de darle al acelerador.

Anna se volvió durante una fracción de segundo. La carretera a sus espaldas era una serpentina de asfalto que asomaba entre las últimas casas del pueblo. Regan se había convertido en un puntito lejano, furioso y jadeante.

–¡Sí! –gimió.

–¡No estés tan rígida! ¡Relájate! –le ordenó Jason.

Salieron también de la tercera curva de milagro, rozando el arcén de piedra. Cuando la moto se enderezó, con un bramido, las casas del pueblo se alejaron y la carretera de la costa empezó a subir con más decisión hasta llegar al promontorio del faro. Un viento salvaje les abofeteaba la cara.

A mitad de la cuesta, Anna miró nuevamente hacia atrás: ninguna criatura ladradora a la vista.

–¡Ya no nos sigue! –exclamó, aunque de todas formas se cercioró una segunda y una tercera vez. Parecía que el perro se había rendido. Dejó escapar un largo supiro–. ¡Ya no está! ¡Ve más despacio!

Jason aflojó la presión en el acelerador y se permitió echar una rápida ojeada a sus espaldas.

–¡Lo hemos conseguido! –gritó contento.

Permanecieron en silencio, disfrutando del viento en la cara, volando a lo largo de la carretera costera del sur. En un abrir y cerrar de ojos, la moto alcanzó la última curva cerrada antes del faro. De allí salía una senda de grava que conducía hasta el promontorio rocoso en el que se alzaba la torre blanca y roja del guardián del faro. Jason aminoró la velocidad, puso el intermitente y enfiló la senda sin prisa.

El viento se alzó de golpe, levantando remolinos de polvo. Hinchó las velas de las embarcaciones que habían salido al mar a recuperar a las personas arrastradas lejos por la furia de la riada y trajo consigo el relincho de la yegua de Leonard.

Jason paró la moto en la explanada situada entre la torre blanca del faro y la casa baja de piedra de Leonard y Calypso. Le dio una palmadita a la carrocería y sonrió satisfecho.

A Anna le temblaban las piernas.

–¡Has sido un inconsciente, Jason! –gritó y apretó con fuerza su mejilla contra la espalda del chico, sin soltarse.

Por debajo del faro, allí donde la furia del mar se desahogaba contra el rompeolas, se levantó una gigantesca ola de espuma.

El **cobertizo**

Taller de Manos de Terciopelo

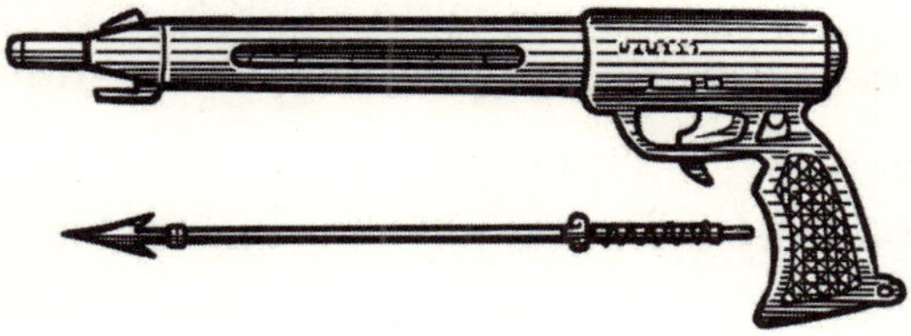

Capítulo 16
Con las **MISMAS ARMAS**

La escalera de caracol que bajaba al faro estaba fría y húmeda. El enlucido blanco, desconchado por el salitre. Jason bajó rápidamente los escalones y fue hasta la habitación subterránea donde Leonard guardaba su equipo de submarinismo. Era una pequeña habitación circular, del mismo diámetro que el faro, con dos únicas salidas: la escalera de caracol por la que acababa de bajar y una puerta, cerrada, en el lado opuesto.

Había estado muchas veces en aquella habitación pequeña y gélida y estaba acostumbrado a ver su aliento transformarse en nubes de vapor fuera cual fuera el clima en el exterior: aquel frío siberiano se filtraba, constante, a través de las corrientes de aire que entraban por las rendijas de la puerta cerrada, a cuyos pies podía apreciarse un sutil manto de escarcha que recubría el suelo.

Jason se dirigió a los estantes que Leonard había fijado en la pared, los examinó rápidamente, rebuscó entre los trajes de submarinista, las bombonas y las aletas. Por último miró detrás del compresor, una máquina de hierro oxidado tan grande como un jabalí (y con un aspecto igual de amenazador).

–Aquí está –murmuró–. Por fin.

Se puso en cuclillas junto a una caja de madera cerrada con pesadas cintas de cuero. Tiró de ellas hasta que logró alcanzar las anchas hebillas y las abrió, resoplando de fatiga. Cuando por fin consiguió levantar la tapa, estaba empapado en un sudor frío, pero satisfecho: había encontrado los fusiles de submarinismo.

Cogió uno, metió el arpón de metal en la correspondiente ranura y apretó el gatillo. El arpón salió disparado con un débil silbido y cayó a poca distancia de sus pies: descargado.

Recogió el arpón del suelo tirando de la cuerda y repitió la prueba con los otros fusiles. Encontró dos bastante cargados. Apoyó los otros dos al lado del compresor. Controló la válvula de aire para cerciorarse de que la presión fuera suficiente y después lo encendió. El motor de la vieja máquina tosió y dio unos cuantos respingos antes de decidirse a ponerse en marcha, pero su ruido tranquilizador llenó pronto toda la habitación. Jason, con la lengua entre los dientes, intentando imitar la meticulosidad de Rick, cargó los fusiles de aire comprimido uno a uno.

Una vez terminado aquel trabajo, volvió a rebuscar en la caja. Examinó con atención los diferentes envoltorios que había en el fondo y sacó una decena de puntas que se podían acoplar a la varilla del fusil. Leonard tenía de todos los tipos: redondas, de punta de flecha y de dos o tres cúspides, como los tridentes del dios del mar. Algunas eran puntiagudas y estaban afiladas como cuchillos.

Jason eligió las más afiladas. Sintió que un escalofrío helado le recorría la espalda, pero esta vez no a causa de la corriente de aire que llegaba de la puerta: una cosa era bucear en el azul del mar y pescar un pez; otra cosa, pensar en usar aquellos arpones... como armas de verdad.

«Quizá no sea una buena idea», se dijo, titubeante. Después volvió a pensar en la pistola del doctor Bowen y terminó su trabajo.

Cuando apagó el compresor, la habitación del sótano del faro se sumió en un extraño silencio. Jason miró a su alrededor, alerta como un auténtico cazador. Empuñó un fusil y se colgó en bandolera los otros tres. Después se acercó a la puerta por la que se filtraban las corrientes heladas. Apretó la mejilla contra la superficie helada.

La piel se le pegó a la madera, como si se hubiera tratado metal. Aguzó el oído: a veces se oía algo desde el otro lado de una Puerta del Tiempo. A veces alguien llamaba a la puerta.

–Jaaasooon… –llamó una voz lejanísima. Tan lejana que casi ni la oyó. Instintivamente, empuñó el fusil con más fuerza–. Jaaasooon… –repitió la voz. Esta vez pareció más cercana y… no provenía de detrás de la puerta, sino de detrás de él.

El chico se apartó de golpe y miró hacia lo alto de las escaleras. La puerta que daba al exterior del faro se abrió de par en par de repente.

–¿Anna? –preguntó él–. ¿Pasa algo?

–Jason –lo llamó por tercera vez la chica–. ¡La yegua! ¡Está como enloquecida!

Jason no se lo hizo repetir. Devoró los escalones de dos en dos y salió a la explanada situada frente a la entrada principal del faro: Anna estaba de pie ante él y señalaba la cuadra, donde la yegua de Leonard relinchaba sin parar y golpeaba furiosamente con los cascos en el suelo.

–¿Qué le pasa? –preguntó Jason.

–¡No lo sé! He hecho todo lo que me has dicho tú, pero de repente…

Jason corrió a la cuadra. Miró el mar, que oscurecía en el horizonte. El cielo se había teñido de ese color añil que amenaza tormenta. Una nueva ola rompió contra el espigón con un estruendo amenazador.

«Mala señal –pensó Jason–. Mala señal de verdad.»

Tommaso Ranieri Strambi sintió que le pellizcaban la mejilla. Abrió los ojos y se encontró un cangrejo delante. Un cangrejito rojo que estaba probando con la pinza la consistencia de su nariz. Tuvo que parpadear varias veces hasta que se dio cuenta de lo que estaba pasando. Levantó la cabeza de golpe, haciendo rodar lejos al animalito, que huyó ofendidísimo.

«¡Una playa! –pensó Tommaso–. ¡Estoy en una playa!»

Se puso de pie. O al menos intentó hacerlo, pero se hundió inmediatamente en la arena mezclada con grava húmeda. Las olas le lamieron los tobillos.

Tenía frío. Había perdido los zapatos y estaba completamente empapado de pies a cabeza.

Pero ¿dónde se encontraba?

Dio unos pasos hacia delante, mirando a su alrededor desorientado. Vio que la resaca estaba empujando hacia la arena de la playa la enorme maleta a la que se había agarrado para permanecer a flote: estaba incrustada de algas verde oscuro y se mecía despacio en la espuma.

Tommaso se quitó la arena de la cara. A lo lejos, encima del mar, el cielo era de un amenazador color violeta. En un extremo, el horizonte se quebraba sobre un largo promontorio, al final del cual se levantaba un faro.

Se dio la vuelta sobre sí mismo y miró hacia arriba: encima de él, a pocos metros de la playa donde se había despertado, había un acantilado de roca blanca. Veinte, treinta, cuarenta metros de pared vertical. Tardó menos de un segundo en reconocer la sutil línea trazada por las escaleras de Villa Argo.

«Salton Cliff…»

Incapaz de contener su alegría, se puso a dar saltos arriba y abajo de la playa. No conseguía creer en su buena suerte: ¡la corriente lo había devuelto a Kilmore Cove!

Mientras estaba en pleno salto, se vio sacudido por un violento acceso de tos que lo dejó sin aliento. Los dientes le castañeteaban furiosamente. La ropa empapada le goteaba y se le pegaba a la piel como unas manos heladas.

¿Cuánto tiempo había permanecido en el mar? Se miró las manos: tenía las yemas de los dedos surcadas por profundas arrugas y le dolían con solo rozarlas.

«¡Pero estoy vivo!», se dijo. Sintió de nuevo un arrebato de euforia subiéndole por las sienes, pero esta vez se esforzó en reprimir el instinto de gritar y pedir socorro: tenía que concentrarse en el primero de sus problemas. El frío. La ropa. Los zapatos.

Un segundo ataque de tos, todavía más violento que el primero, lo derribó y le dejó de rodillas en la arena.

«Piensa, piensa…» Podía correr escaleras arriba y pedir a Jason o a Nestor algo de ropa para cambiarse. Una buena idea. Pero el viento soplaba desde el mar con bastante furia, y a cada ráfaga la ropa empapada, que se le había pegado encima como una segunda piel, le hacía temblar.

¿Desnudarse y correr desnudo escaleras arriba? Ni por asomo.

Mientras intentaba encontrar una posible solución, se acercó a la maleta-boya que lo había conducido hasta allí y la estudió con atención. Era una maleta importante, de esas que se hacían en otros tiempos, capaz de resitirlo todo. A lo mejor también era impermeable.

Tommaso se puso en cuclillas frenta a ella y, un momento después, se vio embestido por el chorro de espuma de una ola más fuerte que las otras, que fue a romper contra los arrecifes. Con sus últimas fuerzas, arrastró la pesada maleta por la arena seca hasta un punto adonde las olas no podían llegar.

Tenía un candado con una combinación. Se acordó de que una vez, en una revista de curiosidades, había leído que en la mayoría de maletas se usan combinaciones facilísimas de adivinar, y ello es debido a que el usuario tiene miedo de olvidarlas y tiende a utilizar secuencias de números elementales.

Era una combinación de cuatro cifras. Probó con uno, dos, tres, cuatro. Después con cuatro, tres, dos, uno. Y la maleta se abrió sin ningún problema. Fue como levantar la tapa de un cofre del tesoro, no exento de una cierta magia.

Dos elásticos, cruzados en forma de X, habían mantenido en orden la ropa, buena parte de ella aún perfectamente doblada. Tommaso la tocó con una mano y sintió un escalofrío de placer al descubrir que estaba seca. Deliciosamente seca.

Sacó en primer lugar un paraguas. Un largo y amenazador paraguas negro, que reconoció al instante.

–¡Es la maleta de un Incendiario! –exclamó.

Sopesó el paraguas entre las manos: era pesado, con un mango macizo y una punta negra de aspecto amenazador.

Sabía perfectamente qué podía salir de allí: una larga lengua de fuego.

Con un escalofrío, dejó el paraguas y siguió rebuscando en la maleta. A esas alturas, la vergüenza de verse obligado a quitarle la ropa a un desconocido había desaparecido del todo.

Un chaleco negro. Un segundo chaleco. Una camisa, que desdobló para ver el tamaño: era de una talla solo un poco más grande que la suya, así que se la puso, rapidísimo. Encontró también un par de pantalones de rayas negras y grises, que tuvo que remangarse un poco, y unos calcetines oscuros de lana gruesa. De estos últimos se puso dos pares, para que no le bailaran los mocasines de charol, varios números más grandes.

La tela caliente sobre la piel le transmitió una inmediata sensación de comodidad, a pesar de ir vestido de pies a cabeza como una mala copia de sus enemigos.

Se frotó las manos, satisfecho. Ya se disponía a cerrar la maleta cuando observó que en el fondo había una especie de legajo.

Lo cogió y lo examinó, frunciendo el ceño: parecía un manuscrito. Las primeras cuarenta páginas estaban escritas a máquina, mientras que las siguientes habían sido escritas a mano, con una caligrafía precisa y meticulosa, sin borrones ni tachaduras.

En la portada se leía:

CORAZÓN SIN DUEÑO

La siguiente línea había sido borrada furiosamente, pero de todas formas Tommaso consiguió distinguir algunas letras.

¿Voynich? ¿Era posible?

En ese momento una ola especialmente alta casi lo empapa de nuevo de pies a cabeza. Se apartó justo a tiempo, apretando contra sí el manuscrito. También cogió el paraguas, poco antes de que la resaca lo arrastrara al mar, y por último dirigió una mirada ansiosa hacia las escalerillas que subían a Villa Argo.

No solo había sido afortunado, pensó, al encontrar aquella maleta. Aquella maleta era toda una señal del destino.

Y echó a correr.

ULYSSES MOORE
La habitación subterránea
Faro de Minaxo

Capítulo 17

OPERACIÓN BLANCANIEVES

Una MV Agusta 125 S roja atravesó como una flecha las calles de Kilmore Cove.

Jason y Anna habían dejado hacía pocos minutos el faro del promontorio, en el extremo opuesto de la bahía, con una profunda angustia en el corazón. La extraña inquietud de la yegua de Leonard y las nubes que se agolpaban en el horizonte no habían hecho más que empeorar su estado de ánimo. Por eso, durante todo el viaje habían permanecido en silencio, ambos sumidos en sombríos pensamientos relacionados con los misteriosos acontecimientos de aquel día, sus seres queridos desaparecidos y los peligros que aún les aguardaban.

La moto se paró delante de la cerca pintada de azul celeste de una casa de campo de Humming Bird Alley. Al otro lado del recinto se entreveía el césped cortado con cuidado, dividido por un pulcro sendero de grava blanca. Distribuidos por el jardín, al menos doce enanitos de escayola. Un columpio con lazos en las cuerdas en el rincón más cercano al valle. Cortinas de lino blanco en las ventanas.

–No parece un lugar tan terrible… –observó Anna mientras se quitaba el casco.

Habían encontrado un par en la casa del faro y habían decidido tomarlos prestados también. Tenían un aspecto un poco anticuado, pero servían.

–Espera a verla por dentro –replicó Jason, que seguía llevando el casco y caminaba agachado, pegado a la empalizada, como si temiera que pudieran dispararle una ráfaga de perdigones de un momento a otro. Se colgó el fusil al hombro y abrió la cerca con un movimiento rápido.

El cielo rugió.

Se acercaron a la casa a hurtadillas. La casa de campo estaba inmersa en el silencio, excepto por un lejano zumbido. Encontraron rápidamente los ojos de buey, protegidos por espesos cristales, que daban luz al sótano y golpearon con los nudillos hasta que oyeron responder desde el otro lado. Julia y Rick seguían encerrados allí abajo.

Jason consideró la posibilidad de romper el cristal, pero el ojo de buey era demasiado estrecho para que los prisioneros pudieran salir por allí.

–Tenemos que entrar en la casa... –decidió entonces.

–¿Y cómo vamos a hacerlo? –preguntó Anna–. Parece cerrada a cal y canto.

–Pues, entonces –respondió Jason con aire resuelto–, habrá que poner en marcha la operación Blancanieves.

Pocos minutos después estaban plantados delante de la ventana de la sala de estar sosteniendo a cuatro manos un Gruñón de escayola.

–Yo habría elegido a Sabio o a Mudito –dijo Jason, sopesándolo.

–Me has dicho que elija y yo he elegido –replicó Anna.

–¡De acuerdo, pues ahí va Gruñón, entonces!

Jason dio un rápido beso al gorro caído del enano antes de lanzarlo con todas sus fuerzas contra la ventana. Anna y él se echaron al suelo. El enano de yeso hizo añicos el cristal y rodó ruidosamente por el suelo de la sala.

Esperaron unos larguísimos segundos, durante los cuales no pasó nada y no sonó ninguna alarma.

Después Jason se apartó el flequillo de los ojos, se levantó y dijo:

–Vamos a entrar. Ten cuidado con los cristales.

Se apoyaron en el alféizar y entraron. Una vez dentro, se apretaron el uno contra el otro, empuñando los fusiles. Cruzaron de puntillas el salón tirolés de los Bowen pasando entre las sillas de madera tallada, y llegaron a la cocina.

Jason abrió el frigorífico y lo mantuvo abierto de par en par con la punta del fusil de submarinismo. Luego, con la mano libre, sacó una gigantesca loncha de queso y le dio un mordisco.

–Mmmgggmmm… –masculló satisfecho bajo la mirada estupefacta de Anna–. ¡Hará por lo menos una semana que no me llevo nada a la boca! ¿Quieres un poco? –añadió, ofreciéndole caballerosamente a la chica la loncha mordisqueada. Ante el rechazo desdeñoso de ella, Jason se encogió de hombros y le dio otro buen bocado.

Cuando llegaron a los pies de la escalera, oyeron con toda claridad el ruido de una respiración pesada y fatigosa: en el piso de arriba alguien estaba roncando de lo lindo.

–¡Mira, tiene que ser ahí! –susurró Anna un momento después, señalando las huellas de barro que conducían a la puerta del sótano. Se acercó y la abrió con cautela, con el fusil temblándole ligeramente entre las manos.

Una escalera empinada descendía antes de desaparecer en la oscuridad.

En la pared de la izquierda había un interruptor y Anna lo pulsó: unos metros más abajo, una luz de neón se encendió parpadeando y dejó entrever un amplio espacio semivacío. Pocos segundos después se apagó de nuevo.

Subieron y bajaron el interruptor unas cuantas veces, pero al final renunciaron. La lámpara de neón del sótano debía de estar rota. O a lo mejor simplemente había saltado la luz.

En el piso de arriba, la persona que estaba durmiendo parecía haber reduplicado los ronquidos.

Los chicos bajaron los escalones con mucha cautela. En el sótano reinaba una densa penumbra: a duras penas se distinguían las formas de los objetos que albergaba. Era húmedo. Y antiguo. En la otra parte de la sala se vislumbraba el perfil de una gruesa puerta cerrada.

–Podrían estar encerrados ahí –murmuró Anna.

Cuando se fue la luz, Julia dio un grito.

Desde que había oído golpear en el cristal del ojo de buey, había entrado en un estado de agitación. Las horas transcurridas en aquella habitación húmeda la habían enervado, además de agravar su tos, y ya no veía la hora de salir de allí.

Rick, mientras tanto, había comenzado a despegar del tablón de anuncios las hojitas de Bowen y a meterlas en la mochila, en cuyo interior ya había guardado la extraña caracola, blanca y fría, que había encontrado en el frigorífico.

Después, con la oscuridad, los asaltó la angustia. ¿Qué habría pasado? ¿Se había ido la luz por culpa de Jason y de Anna? ¿La habían cortado ellos?

El zumbido del ventilador que les daba aire en aquella especie de prisión se había interumpido, así como la tenue vibración del frigorífico.

Rick intentó empujar la puerta blindada, pero seguía tan firme e inamovible como antes. Tenía que haber una abertura mecánica. Probó a explicárselo a Julia, que continuaba caminando arriba y abajo como un tigre enjaulado.

–No hay aire –dijo la chica cuando se detuvo.

No era verdad, naturalmente, pero Rick tuvo que admitir que la sensación de ahogo resultaba real. La habitación era pequeña, sin salidas ni aberturas, excepto la pequeña boca que hasta aquel momento había asegurado la circulación de aire.

–Enseguida vendrán a abrirnos –respondió, tratando de infundirle esperanzas–. Estate quieta, por favor.

–No puedo –replicó Julia, que seguía caminando en la oscuridad y se detenía cada tres pasos para toser.

Rick suspiró. Después, a tientas, siguió con lo que estaba haciendo antes de que se fuera la luz: quitar hojitas.

En ese momento, alguién llamó a la puerta blindada y los dos se sobresaltaron.

–¡Jason! ¡Anna! –gritaron al unísono, acercándose a la puerta.

Empezaron a dar golpes.

En el lado opuesto respondieron con otros golpes.

–¿Nos oís? –preguntó una vocecita lejana.

Era Jason.

–¡Sí! ¡Estamos aquí! ¡Abridnos! –chilló Julia con voz ronca, doblándose inmediatamente después para toser al menos un decena de veces seguidas.

Los oyeron trajinar con la puerta. Oyeron unos golpes sordos. Luego un largo repiqueteo, como de ruedas y ejes que se ponen en funcionamiento para después pararse.

Dieron unos violentos tirones a la puerta. Uno, dos, tres.

Pero no se abrió. Tras unos segundos volvió a oírse la vocecita apagada de antes.

–¡Está cerrada! –explicó–. ¡Hay una combinación!

–¿Qué combinación! –preguntó Rick.

–¡Números! –respondió Jason desde el otro lado.

–¡Oh, no! –gimió Julia, resbalando hasta el suelo con la espalda pegada contra la puerta–. Estamos encerrados aquí dentro. ¡Y vamos a morir!

–¿Has probado con los números de la caja fuerte? –gritó Rick sin hacerle caso a Julia.

–¡Es lo primero que he hecho! Las ruedas han girado… y luego han vuelto de nuevo a su sitio.

–¿Quieres decir que han salido otros números?

–Sí: ocho, catorce y cuatro.

Ocho, catorce y cuatro… Tenía que existir alguna relación entre aquellas cifras. Pero ¿cuál?

–Estamos perdidos –murmuró Julia con la cabeza entre las manos.

–¿Por qué no intentas razonar en lugar de lamentarte? –la reprendió Rick, que estaba empezando a cansarse del derrotismo de su amiga.

–¿Razonar? Son tres números. ¿Qué hay que razonar?

Rick respiró profundamente, se puso en cuclillas delante de ella y le acarició la cabeza.

–El doctor Bowen es un apasidonado de los crucigramas –le susurró con dulzura–. Los números de la combinación no pueden ser casuales.

Tic-tic-tac. Ruedas dentadas, muelles, pistones. Luego un tirón en la puerta.

Rick volvió a pegarse contra ella.

–¿Qué ha pasado?

–Lo he intentado con otros tres números –explicó la vocecita de Jason–. La mitad de cada cifra. Cuatro en lugar de ocho, siete en lugar de catorce y dos en lugar de cuatro.

Pero, al parecer, no había funcionado.

–¿Qué números hay ahora?

–¡Los mismos que antes! –exclamó Jason–. Ocho, catorce y cuatro. ¡Es como si fueran una contraseña numérica!

Rick se mordió los labios.

–Espera un momento… ¿Qué has dicho? ¿Una «contraseña numérica»? ¿Dónde he oído yo antes eso de los números que son contraseñas? ¿A ti no te suena, Julia?

La chica sacudió la cabeza, resignada.

–No. ¿Por qué debería sonarme?

Rick se sujetó la cabeza con las manos.

–¡Pero yo he oído eso antes! ¡Estoy seguro! Y además me parece que los números eran los mismos: ocho, catorce y cuatro… Era una especie de enigma para niños. ¿De verdad no se te ocurre nada?

–¡Rick, sin duda se trata de algo que conoces solo tú! –exclamó Julia, exasperada.

–¡Espera! ¡Ya me acuerdo! Si no me equivoco, nos lo contó la maestra Stella una vez en clase. Era como un acertijo… Un policía tenía que entrar en un local de mala fama, pero para conseguirlo debía facilitarle la contraseña al portero. De modo que se apostó fuera del local y escuchó lo que respondían los clientes. Al primero que llegó el portero le dijo «ocho» y él respondió «cuatro» y entró. Al segundo, el portero le dijo «catorce» y él contestó «siete» y consiguió entrar.

–La mitad del número. ¡Ya lo ha intentado Jason y no ha funcionado!

–¡Espera! ¡No es tan sencillo! Cuando el portero le dice al policía «cuatro», él responde «dos» y entonces el portero lo echa a patadas. ¿Sabes por qué?

–No –admitió Julia.

–Pues yo tampoco –dijo Rick, desconsolado–. ¡No me acuerdo! Me acuerdo de la historia, pero no me acuerdo de lo único que necesitamos saber: ¡la solución!

Después se puso a contarles el acertijo del policía a Jason y a Anna, con la esperanza de que al menos a ellos se les ocurriera algo.

–Pues a mí también me parece haberlo oído antes… –comentó Anna–. Creo que tenía un nombre. Algo así como «Contraseña numérica» o «Contraseña y números»…

Julia pareció despertarse de golpe de su sopor.

–¡Pues claro! –Comenzó a hacer cálculos con los dedos–. Rick, dile a Jason que ponga cuatro, siete y luego… ¡seis!

–¿Y por qué seis? –le preguntó Rick.

–¡Porque los números no son solo cifras! ¡Son también palabras! –respondió ella, radiante–. Y la palabra «ocho» tiene cuatro letras, «catorce» tiene siete... ¡y «cuatro» tiene seis y no dos!

–¡Jason! –gritó Rick a través de la puerta–. ¡A lo mejor lo hemos resuelto!

Se oyó el característico tic-tic-tac y luego el mecanismo se puso en funcionamiento con un gran estruendo metálico.

¡Y la puerta blindada se abrió!

Capítulo 18
El **PLAN**

Cuatro figuras se alejaron a hurtadillas de la casa de campo de Humming Bird Alley después de haber cogido prestados de la señora Edna un par de zapatos y un par de botines ribeteados de piel blanca a la altura de los tobillos. Estos últimos le habían tocado al pobre Rick.

–Tus botitas nuevas son una verdadera horterada –sentenció Jason con escasa delicadeza, mientras procedía al reparto de los fusiles.

Sin consultarse antes siquiera, empezaron a ascender por la falda de la colina de Turtle Park en busca de un lugar lo suficientemente aislado para poder hablar con tranquilidad. Saltaron un pequeño muro de ladrillo en lo alto de una cuesta particularmente escarpada y entraron en el secular parque público.

Se sentaron en la hierba, a cubierto bajo la bóveda de ramas que se entrelazaban por encima de sus cabezas, y se sintieron inmediatamente protegidos. El silencio de los viejos troncos por los que trepaba la hiedra, el murmullo del viento entre las hojas y la reluciente alfombra de hierba relajaron sus ánimos con la milenaria magia de la naturaleza.

Después empezaron a hablar, primero uno a uno, después todos juntos, cruzando y superponiendo las voces, interrumpiéndose continuamente, comenzando al mismo tiempo diferentes conversaciones, sin que ninguno consiguiera llevar a término ninguna de ellas.

–¡Un momento! ¡Así no hay quien se aclare! –exclamó Julia en cierto punto, intentado dar un sentido a aquel parloteo–. ¿Por dónde empezamos?

–¡Por el doctor! –respondió en primer lugar Jason–. ¡Él está detrás de toda esta historia! Y, por lo que sabemos, podríamos ser los únicos que lo hemos descubierto. Me pregunto cómo se las habrá ingeniado para agenciársela –añadió, señalando la caja con las llaves, que descansaba sobre la hierba, a sus pies–. Y qué querrá hacer con ellas…

–Tenemos que avisar a Nestor –propuso Rick.

–Sí, Nestor. Pero ¿dónde se habrá metido? –se preguntó Julia.

–Precisamente eso es lo primero que tenemos que descubrir –dijo Jason.

Pero, por desgracia, no podían llamarlo por teléfono sin más: las líneas telefónicas estaban cortadas en buena parte de la ciudad.

–Lo mejor es que volvamos a Villa Argo –decidió la gemela de Jason.

–No estoy de acuerdo –replicó Anna–. Lo mejor es volver al pueblo. Hace demasiado tiempo que no tenemos noticias de los otros. Y además el morral de Nestor estaba en la farmacia de Bowen, o sea que es probable que también él esté en Kilmore Cove.

Permanecieron todos en silencio durante un rato. En efecto la única de quien tenían noticias ciertas era la madre de Rick, a quien Anna y Jason habían visto en la clínica. Todos los demás, en cambio, era como si hubieran desaparecido en la nada, Incendiarios incluidos.

Jason cogió tres ramitas y las colocó en fila delante de él, usándolas a modo de recordatorio visual.

–Buscar a los demás. Desenmascarar a Bowen. ¿Y después?

Rick sacó de la mochila la montaña de notas que se había llevado del tablón de anuncios del sótano. Las había cogido todas, por si acaso podían servir para algo. Las puso en la caja de las llaves y colocó encima la caracola perfectamente blanca.

–Está también esto… –explicó–. Como os decía, el doctor Bowen parecía obsesionado sobre todo con dos cosas: Fred Duermevela, que según él no podía tener la Primera

Llave, y Agarthi, donde pensaba que encontraría la respuesta a sus preguntas.

–Ha escrito las palabras «Agarthi» y «buscar respuestas» en al menos diez hojitas diferentes –añadió Julia, que, a juzgar por su palidez cadavérica, estaba realmente cansada.

La caracola pasó de mano en mano.

–Está fría –observó Jason. A continuación el chico se miró las manos: estaban húmedas. Como de rocío. Como si la caracola fuera de nieve y se estuviera derritiendo.

–En una de las hojitas hay escrita una cosa… –Rick comenzó a hojearlas rápidamente–. ¿Dónde está ahora? Ah, aquí: «Para subir a Agarthi, no olvidar la caracola de las nieves».

Los demás lo miraron en silencio. Sabían que Agarthi era un lugar imaginario al que se llegaba cruzando las Puertas del Tiempo. Un lugar en el que ninguno de ellos había puesto los pies jamás. Y los apuntes de Ulysses Moore desaconsejaban emprender aquel viaje. Las pocas anotaciones hablaban del clima infernal, la casi total ausencia de oxígeno debida a la altura, la monotonía de un paisaje de nieves insidiosas y glaciares que se derretían al sol y las leyendas confusas de los viajeros medio ateridos, que contaban historias de inefables criaturas de las nieves, de glaciares que de noche los llamaban con cantos de sirena y de ciudades que aparecían y desaparecían con el reverbero del sol.

–Tenía algo en mente… –murmuró Jason, hojeando los apuntes del doctor Bowen.

–Eso es seguro. Pero ¿qué? –le preguntó su hermana.

Los chicos no lo sabían. Pero encontrar en casa de los Bowen indicios relacionados con los lugares imaginarios, las Puertas del Tiempo y la Primera Llave les había obligado a cuestionar la veracidad de muchas cosas que hasta entonces consideraban seguras. Empezando, sin ir más lejos, por el hecho, que hasta aquel momento habían dado por descontado, de que solo los chicos del Gran Verano conocían la existencia de las puertas.

–¿Quién más lo sabe en el pueblo? –se preguntó Jason–. Y, sobre todo, ¿cómo es posible que Bowen sepa más que nosotros?

Los otros tres lo miraron. Les costaba imaginar al doctor y farmacéutico, tan lógico y racional, traspasando una Puerta del Tiempo.

Jason recordó las pociones que Anna y él habían encontrado escondidas en los frascos de hierbas. ¿Acaso no constituían la prueba de que el doctor Bowen había ido al menos una vez... al «otro lado»?

–Pero también puede ser que alguien se las haya traído –sugirió Rick.

La duda añadía posibles complicaciones ulteriores. Y ellos ya tenían suficientes.

–Propongo que nos dividamos –dijo Julia al final–. Alguno de nosotros tiene que subir a Villa Argo para cerciorarse de que Nestor está bien y prevenirlo contra el doctor.

Rick asintió.

–Y devolver las llaves a su sitio.

–Podríais ir vosotros dos con la moto –propuso Jason–. Rick, tú sabes conducirla, ¿verdad?

El chico pelirrojo asintió de nuevo.

–¿Y vosotros?

–Jason y yo podríamos bajar al pueblo –respondió Anna.

Parecía un buen plan.

–Y si Nestor no está en Villa Argo –comenzó a decir Julia– o si el doctor os sorprende en el pueblo…

Anna le anticipó su respuesta mostrándole la libreta de Morice Moreau.

–Podemos mantenernos en contacto con esto.

A continuación, Jason explicó rápidamente su plan para optimizar los desplazamientos: llevaría a Anna en moto abajo, al pueblo, para que comenzase lo antes posible la búsqueda de los desaparecidos. Después volvería para dejarle la Agusta a Rick y a Julia, de manera que pudieran subir a Villa Argo.

–Y luego yo me bajo de una carrera al pueblo –concluyó–. Con cuidado de que nadie me vea, dado que… ¡oficialmente todavía estoy de excursión con la escuela!

Jason se mostró muy resuelto y estuvo muy convincente. Y ninguno de los otros tres, cuando se levantaron del césped, tuvo la más mínima sospecha de lo que el chico de Londres tenía intención de hacer *realmente*.

Capítulo 19

La **FUGA**

Jason Covenant estaba a un lado de la plaza del pueblo, montado en la MV Agusta. Los pies en el barro, el manillar en la mano.

Acababa de dejar a Anna.

Parecía que el pueblo estaba volviendo a la normalidad. Las campanas de St. Jacobs habían dejado de tocar. El agua bajaba hacia la bahía formando riachuelos cada vez más pequeños, y los habitantes habían empezado a organizarse para limpiar las calles de barro, algas, libros y otros desechos. La plaza y la iglesia se habían convertido en el centro de reunión, adonde se iba en busca de información o para ofrecer ayuda. El padre Phoenix, arremangado, dirigía las operaciones dando instrucciones. A los heridos se los escoltaba rápidamente hasta la clínica.

Pero del doctor Bowen no había ni rastro.

Jason miró a su alrededor. Le asaltaban mil pensamientos. Se preguntó, por enésima vez, si su padre estaría bien, aunque la idea de que su madre estaba ocupándose de él lo tranquilizaba. ¿Y Nestor? ¿Dónde se había metido? ¿Qué hacía la caja de las llaves en su morral y por qué este había caído en manos del doctor Bowen?

Jason lanzó una imprecación en voz baja y miró de nuevo hacia la iglesia. Demasiadas preguntas sin respuesta. Y aún había otras mil más en las que no había tenido tiempo de pensar siquiera.

«¿Qué sabe Bowen que nosotros no sabemos?»

Se sintió invadido por una extraña urgencia. Sabía que Anna estaba buscando a su padre y a los demás. Y también sabía que no podía dejar que todo recayera sobre sus hombros. Tommaso, Nestor, Black Vulcano, el señor Bloom... todos necesitaban su ayuda.

Pero también estaban Rick y Julia para ayudarla.

Y quizá hubiera algo igualmente importante de lo que ocuparse mientras tanto. Otro misterio por resolver.

«¿Qué sabe Bowen que nosotros no sabemos?»

Jason suspiró apelando a su sentido del deber. Asió con fuerza el manillar. Pero, por más que se esforzó, no logró dejar de pensar.

Respuestas. Necesitaba respuestas.

«Preguntar a Agarthi…»

Encendió el motor y tomó la carretera que subía a Salton Cliff. Dentro de un minuto le dejaría la moto a Rick. Y después él… volvería donde estaba Anna.

«¿Y si no lo hacía?»

Al fin y al cabo le bastaba ausentarse unos minutos. Una media hora.

Una hora como mucho.

Anna lo comprendería. Y también los otros.

En el fondo no los estaba abandonando. Iba en busca de las respuestas que necesitaban.

El corazón de Jason empezó a latir más y más fuerte: le pasaba siempre que se le ocurría algo que sabía que estaba mal.

Giró cerca de Humming Bird Alley y paró la moto.

Su hermana y Rick lo alcanzaron en un segundo.

Jason desmontó. Se retiró el casco y se lo dio al chico pelirrojo. Después se quitó del brazo el casco de Anna y se lo puso a Julia. Ayudó a su hermana a subir. Le sujetó la mochila, mientras Rick primero y ella después se sentaban en el sillín.

Hizo las acciones que siguieron de forma mecánica, casi sin pensar. Metió rápidamente una mano en la mochila. Mientras rebuscaba, se volvió hacia el mar para que su hermana y Rick no pudieran darse cuenta de nada.

Encontró en primer lugar la caja de las llaves. La abrió a escondidas. Cogió una llave, que reconoció por la empuñadura, y después cerró la caja. Con la mano aún dentro de la mochila, reconoció a tientas el otro objeto que había decidido tomar prestado: estaba frío como la nieve.

–¿Jason? Nosotros nos vamos.

Jason se dio la vuelta a toda velocidad. Fingió tropezar mientras se escondía la caracola debajo del jersey y la llave en el bolsillo de los vaqueros.

Iba a devolverle la mochila a Julia cuando se le ocurrió una idea.

Mientras se acercaba a la moto, volvió a introducir la mano en la mochila. Y cogió un tercer objeto. Un objeto pequeño. Y valioso.

«Esto les hará enfurecerse de verdad», pensó cuando tuvo entre sus manos la libreta de Morice Moreau.

–Vale, nos vemos luego –dijo Jason, colocando la mochila en los hombros de su hermana, que no se había dado cuenta de nada.

Rick se volvió y le guiñó un ojo.

–El primero que descubra algo que llame a los otros.

–Trato hecho –respondió Jason, mordiéndose los labios.

Miró a su hermana y a Rick alejarse por la carretera y se despidió de ellos con la mano levantada. Eran demasiado pequeños para ir montados en aquella vieja Agusta de coleccionista. ¡Pero si el día anterior iban todavía en bicicleta! La verdad era que Julia parecía un poco preocupada. Pero Jason sabía que su hermana estaba en buenas manos: Rick era un chico responsable, con la cabeza sobre los hombros.

No como él.

Se quedó mirando la moto, que subía por la carretera de la costa.

Cuando la Agusta desapareció tras la última curva, se encontró solo.

En ese instante el sol se asomó entre las nubes. Una ráfaga de viento le trajo el olor del pan recién salido del horno que subía de la pastelería de Chubber, abajo en el pueblo. Le pareció escuchar también una voz que gritaba: «¡Pasteles recién hechos para todos…!».

Le vino a la mente que en la parte de atrás de la pastelería se ocultaba una Puerta del Tiempo. Pensó que quizá también los propietarios de Chubber estaban al corriente. Es más, a lo mejor lo sabían todos en Kilmore Cove. Como el médico.

La consideración de aquella posibilidad, es decir, que todos en el pueblo supieran e hicieran como que no sabían, fue como un puñetazo en pleno rostro.

Respuestas. Necesitaba respuestas.

Abrió la mochila y metió dentro las cosas que le había quitado a su hermana. Después, en lugar de correr hacia Kilmore Cove, subió de nuevo por la colina, en dirección al parque.

–Perdonadme, chicos –dijo, más para sí mismo que para los demás.

Capítulo 20

La TRAICIÓN

Anna salió de la iglesia y vio la línea color violeta de las nubes que se acercaba al pueblo. Se protegió los ojos con las manos. El sol se filtraba entre las nubes, apremiante, como si hubiera comprendido que estaba destinado a desaparecer.

La chica miró a su alrededor, pero por más que se esforzó no vio a Jason por ninguna parte. Quizá ella se había dado demasiada prisa y él no había acabado de bajar corriendo de la casa del doctor Bowen.

El doctor. Eran muchos los que lo estaban buscando, pero nadie sabía con exactitud dónde estaba. Al cuidado de los heridos estaba la señorita Pinklewire, la veterinaria, ayudada por su hijo, quien, por cierto, tenía todos los dientes torcidos. Pero, en medio de la confusión que todavía reinaba en el pueblo, todos daban por descontado que, con toda seguridad, el doctor Bowen estaba ocupado con algo más urgente en alguna otra parte.

Anna había entrado en la iglesia para recabar noticias de su padre y de Tommi. Era allí donde se reunían todos e intercambiaban información… Pero el chico veneciano y el señor Bloom no eran de Kilmore Cove, y nadie parecía saber quiénes eran, por más que ella se esforzase en describirlos. Solo cuando preguntó por Black Vulcano, que presumiblemente era la última persona que había visto a su padre, obtuvo las primeras respuestas.

Parecía que a Black lo habían llevado a la clínica unas horas antes. Estaba bien, caminaba por su propio pie.

Y no, no estaba solo.

Había bastado aquella noticia para devolverle la esperanza. Y no tardaría mucho en encontrar las respuestas que estaba buscando: la clínica se encontraba justo al otro lado de la plaza. En Kilmore Cove todo estaba a pocos pasos de distancia.

–¡Pasteles recién hechos! ¡Pasteles para todos! –gritaban mientras tanto desde la pastelería de Chubber, donde se había reunido un nutrido grupo de personas.

En el aire se había propagado un olor irresistible de hojaldre y buñuelos de viento y de otras delicias de nombres franceses.

Anna cruzó la plaza, con renovado buen humor y optimismo. Si hubiera tenido que apostar sobre dónde estaría Jason, se lo habría jugado todo a que estaba en Chubber.

Sin embargo, no lo encontró.

Se mezcló entre las personas agolpadas delante de la pastelería y dio la vuelta alrededor del monumento al rey inglés inexistente que se erguía en el centro de la plaza, para volver al punto donde Jason la había dejado con la moto poco antes.

Nada.

«¿Se puede saber dónde te has metido, Jason?»

Anna se preguntó qué debía hacer: ¿quedarse allí esperándolo o marcharse a la clínica sin él?

Al final se decidió por la segunda opción. Pero, justo en el último momento, cuando estaba a punto de ponerse en marcha, le llamó la atención una cosa extraña: a pocos pasos de ella, sobre la capa de barro que recubría el suelo de la plaza, había una marca. Parecía hecha con el pie.

Miró mejor y vio que se trataba de una letra. Una especie de «S» gorda.

Y a su lado había más marcas. Se acercó y pudo comprobar con asombro que alguien había dejado un mensaje escrito en el barro:

PERDÓNAME
SI NO VUELVO
J.

Anna se quedó atónita al leer el mensaje, como si le costara comprender del todo el significado.

¿Por qué Jason decía que no iba a volver? ¿No se habían puesto todos de acuerdo? ¿Y adónde podía haber ido? ¿A Villa Argo con los demás?

¿A hacer qué?

Después, poco a poco se convenció de que en el fondo no era tan importante. Solo sintió una profunda desilusión. La idea de que Jason la hubiera abandonado allí, que la hubiera dejado sola mientras buscaba a su padre, la hirió tan profundamente que tuvo que hacer un esfuerzo para poder respirar.

–No eres más que un egoísta… –murmuró mientras borraba el mensaje con rabia–. Tú y tus planes. Tus ideas. ¡Tus aventuras!

La verdad era que Jason hacía única y exclusivamente lo que le interesaba y le apetecía. Anna lo había entendido hacía tiempo. Seguía su instinto. Sus impulsos. Y le importaban un pimiento las exigencias y las necesidades de los demás. Incluidas las de sus amigos.

–Aún tienes que crecer mucho, Jason –gruñó Anna, dirigiéndose hacia la clínica–. Más de lo que crees.

Su madre decía siempre que solo cuando dejas de pensar en lo que quieres tú y comienzas a darte cuenta de lo que quieren los otros, te haces adulto. ¡Nada que ver con todo aquello de los planes, misterios, secretos y aventuras!

–Yo te necesitaba…

Se preguntó si debía avisar a Rick y a Julia. A lo mejor Jason estaba con ellos.

¿O tenía que hacer como él y pasar de todo?

Estaba pensando en ello cuando entró en la clínica.

Vio las camillas con los heridos en la sala de espera. Vio un ejército de personas que pasaban de una camilla a otra confortando a los heridos. Vio a la señorita Biggles, que caminaba por la habitación arrastrando un tubo metálico con un gotero.

Hacía falta ayuda.

Ayuda y no misterios.

Y en un instante se olvidó de Jason Covenant.

Anna pasó rápidamente entre las camas en busca de un rostro conocido. Cindy estaba durmiendo. Las pocas personas con las que se había cruzado en el pueblo no habían podido darle ninguna noticia de Black, de su padre ni de Tommaso.

Mientras preguntaba, se prodigó para echar una mano. Llevó bandejas con té de una parte a otra de la sala y una caja grande de ampollas de suero fisiológico. Ayudó a una anciana a sentarse en una silla de ruedas y acompañó a otra al baño.

Por último, se cruzó con la madre de Rick Banner. Que le contó que había visto a Black. Iba con un señor.

–¿Y se acuerda de dónde los ha visto, señora Banner? –le preguntó Anna con la voz rota por la angustia.

La madre de Rick se colocó un mechón rebelde detrás de la oreja, dio un profundo suspiro e intentó recordar. Parecía muy cansada.

–Estaban con el doctor –dijo después de una pausa durante la cual Anna no dejó de contener el aliento–. Pero estaban todos bien, de eso estoy segura. Estaban hablando. Caminaban. Después, si no me equivoco… el doctor subió arriba por aquella escalera y yo… los perdí de vista.

Anna le dio las gracias y fue a reponer té caliente en los termos (que estaban colocados en fila bajo los pósteres que ilustraban las enfermedades más comunes de perros y gatos). Después subió por la escalera, siguiendo las indicaciones de la madre de Rick.

Se encontró en el pasillo de los consultorios de los veterinarios. Sin luz eléctrica, con el cielo nublado de nuevo, estaba bastante oscuro. La luz natural que entraba por las ventanas cambiaba continua y rápidamente.

No vio a nadie.

Echó un vistazo en las diferentes habitaciones que asomaban al pasillo a través de los cristales esmerilados de las puertas. Una pequeña mesa de operaciones. Estanterías de fármacos. Pósteres de caballos. Las diferentes razas bovinas del Reino Unido.

Anna tragó saliva. Fuera, el sol desapareció tras un nubarrón tormentoso y el pasillo se sumió de repente en la más completa oscuridad. Desde el piso de abajo llegaban las voces de quienes ayudaban y los lamentos de los heridos.

Anna miró a sus espaldas. Sentía como si alguien estuviera a punto de abalanzarse sobre ella. También creyó ver una sombra que se movía en la penumbra.

Pero no había nadie.

El pasillo estaba desierto.

Y prácticamente había terminado.

Solo le quedaba por comprobar una última puerta, en la que había un letrero que decía: ARCHIVO.

Anna suspiró.

Otra pista falsa. Ni rastro de Black, de su padre o del doctor. La señora Banner, evidentemente, se había equivocado.

Se acercó de todas formas a la puerta del archivo e intentó abrirla: estaba cerrada. Trató de girar el pomo un par de veces sin resultado y se apresuró a volver sobre sus propios pasos. Pero algo la detuvo, haciendo que se le helara la sangre en las venas.

Estaba segura de haber oído una especie de lamento. Como un largo gemido.

Y parecía que provenía precisamente de detrás de aquella puerta. Notaba un ejército de hormigas paseando bajo la piel de sus brazos. Tenía los pelos de punta. Se acercó para escuchar mejor y, de nuevo, intentó accionar el pomo de la puerta.

Empujó delicadamente la puerta adelante y atrás, como si no supiera que estaba cerrada con llave.

La luz proveniente de las ventanas cambió nuevamente de intensidad.

Anna se puso a escuchar. El murmullo agitado que llegaba de la sala del piso de abajo se hizo más fuerte.

Se había equivocado. El cansancio y la tensión le estaban jugando un mala pasada.

Después, justo cuando se estaba dando la vuelta para marcharse, alguien hizo de nuevo:

–HUMMMMMM...

Esta vez Anna estaba segura de que el lamento provenía de detrás de la puerta del archivo.

–¿Hay alguien ahí...? –susurró acercando los labios a la cerradura.

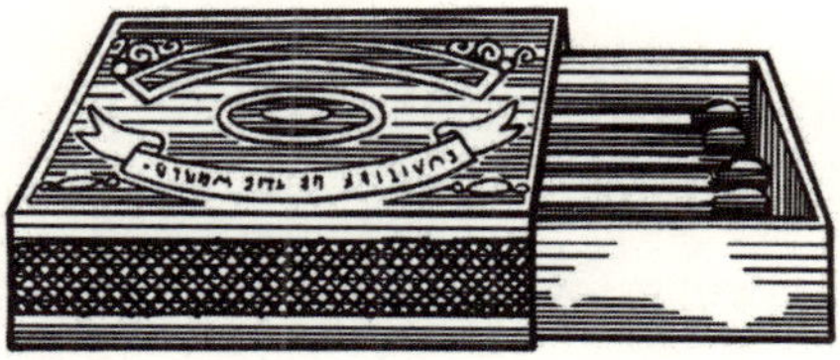

Capítulo 21

La CASA VIVIENTE

Pasada la curva cerrada de la subida de Salton Cliff, los primos Flint se encontraron frente a la torre de Villa Argo, bajo un cielo oscuro y amenazador. La verja de la mansión estaba abierta, pero de todas formas infundía un cierto temor reverencial. A su derecha se vislumbraba el mar, espumoso y brillante. En el lado opuesto, la carretera de la costa proseguía, adentrándose en la vegetación de Cornualles. Los únicos ruidos que se oían eran las olas que rompían contra el acantilado, los chillidos de las gaviotas y el lejano rugido de una motocicleta.

–¡Qué sitio! –exclamó el Flint grande–. ¡No habíamos llegado nunca hasta aquí!

El Flint pequeño le lanzó una mirada fulminante.

–Pero ¿qué estás diciendo? ¡Vinimos ayer!

–Eso –repitió el tercer primo–. ¡Justo ayer! ¿Cómo puedes no acordarte?

El chicarrón parpadeó, sinceramente perplejo.

–¡No, no es verdad!

–¡Nuestro primo robó la llave! –gritó exasperado el Flint pequeño–. ¡Y tú bajaste por el acantilado con la intención de robar la barca!

El Flint grande se rascó la cabeza.

–Sí, pero ayer era *de noche* –protestó–. ¿Cómo podía saber yo que era el mismo lugar?

–¿Cuántas mansiones como esta piensas que hay en Kilmore Cove?

–¿Eh? ¿Cuántas? –objetó el Flint mediano.

Sin esperar la respuesta de su primo, que mientras tanto se había puesto a contar con la mirada perdida en el vacío, el Flint pequeño cruzó con gran determinación la verja abierta de Villa Argo. Una vez en el jardín, sin embargo, empezó a caminar con paso receloso. Había algo en el aire de aquel lugar que le ponía los pelos de punta. Era como si alguien, escondido en alguna parte entre las ramas del parque, los estuviera espiando.

Alzó los ojos. Los movió rápidamente de derecha a izquierda. Estaba casi seguro de haber visto un movimiento, un bulto… una sombra afilada, como la de una persona con un bastón largo en la mano que caminaba entre el follaje.

Sin embargo, cuando se acercó para ver mejor, no halló más que el tronco de un enorme árbol y las ramas verdes que oscilaban al viento.

El Flint pequeño apartó la mirada de las ramas y la dirigió al tejado de la vieja casa y, por último, a la torre. Advirtió claramente una sensación de amenaza. Como si la casa fuera un animal herido, dispuesto a defenderse con uñas y dientes.

Una ventana dio un golpe seco que lo sobresaltó. El cielo entre las ramas se hizo más oscuro, tiñéndose de un amenazador negro pizarra.

El Flint pequeño sintió un escalofrío e intentó orientarse en el parque. Vio que sus primos estaban bastante lejos, en el otro lado de la casa. Solo entonces se dio cuenta de que había realizado un complejo recorrido en zigzag alrededor de la vieja casa.

Se quedó muy impresionado porque no se había dado cuenta de nada. Era como si los cruces de los senderos del parque se hubieran «movido» mientras él caminaba, para empujarlo lo más lejos posible de la puerta de entrada.

De repente vio que se encontraba en el centro de un pozo de sombra espesa, a poca distancia de una pequeña caseta de herramientas semioculta bajo un tapiz de hiedra.

Se acercó para atisbar en el interior a través de la ventanita: en aquel espacio angosto, envueltos en la penumbra, había escobas, ramas y rastrillos apilados y una gran lata de combustible. Pero no había nadie observándolo. Oyó, a sus espaldas, una ramita crujir, algunas hojas se movieron... Se volvió de golpe y le pareció adivinar otro movimiento.

De nuevo aquella imagen: un largo bastón oscuro (¿un paraguas?) que desaparecía en la nada, engullido por la vegetación.

Al cabo de un momento, por detrás de la casa, apareció la figura de un hombre que llevaba un traje negro deshilachado: era uno de los hermanos Tijeras.

El Flint pequeño levantó una mano para saludarlo. ¿Y si la sombra que había visto era... la suya?

El gemelo rubio le devolvió el saludo y después anunció, dirigiéndose a alguien que el Flint pequeño no podía ver:

–¡Han llegado los chicos!

La galería de la cocina de Villa Argo se hallaba sumida en un silencio sombrío y desolado. Vista desde allí, la torre proyectaba una larga sombra que apuntaba como un reloj de sol hacia la verja, como para señalar la única salida. Más allá, la bahía y Kilmore Cove parecían muy lejanos, casi irreales, entre los troncos seculares y vagamente espectrales que poblaban el parque.

El coche del doctor Bowen estaba aparcado delante de la casa del jardinero. Nada en comparación con el magnífico Aston Martin de los hermanos Tijeras: era un utilitario alemán color café con leche de los de antes de la caída del muro de Berlín. El doctor estaba buscando un modo para entrar en la casa de Nestor, mientras Marius *Malarius* Voynich contemplaba la casa principal, con las manos enlazadas detrás de la espalda.

Cuando los tres Flint llegaron hasta ellos, el doctor Bowen levantó la mirada el tiempo necesario para examinarlos.

–¡Oh, muy bien! ¡Por fin ha llegado nuestra «mano de obra»! –exclamó contento–. ¡Ánimo, hay que darse prisa!

–Y… ¿qué es lo que deberíamos hacer? –preguntó con ingenuidad el Flint mediano.

–Buena pregunta –gruñó el doctor Bowen, propinando un tremendo patadón a la puerta de la casa de Nestor, que sin embargo siguió tercamente cerrada–. Usted, doctor Voynich, ¿por dónde sugiere comenzar?

Voynich se volvió hacia él arqueando una ceja. Después, sin pronunciar palabra, miró de nuevo hacia la villa.

El Flint pequeño se encogió de hombros y se acercó a la casa, pero algo le impidió proseguir. Algo impalpable, que esperaba escondido detrás de las ventanas, en la sombra.

Observó durante largo tiempo la puerta de entrada abierta de par en par. Por un instante temió que de aquella abertura saliera una voz cavernosa que les ordenase marcharse de allí. La sola idea hizo que se estremeciese.

Después sucedió realmente: la puerta se cerró de golpe, como por una corriente de aire imprevista. El Flint pequeño dio un salto atrás. Estaba casi seguro de haber visto algo que se movía entre las sombras de Villa Argo: la acostumbrada figura espectral, con un largo bastón oscuro parecido a un paraguas…

Desde el mar, como llamado por una fuerza invisible, llegó un fuerte viento que hizo que todas las ventanas del primer piso de la casa golpearan contra los batientes al mismo tiempo.

Villa Argo se cerró en sí misma como una tortuga en su caparazón.

¡La casa estaba viva! ¡Alguien o algo la habitaba!

Y ellos no eran bienvenidos.

Capítulo 22

El ANTIGUO SENDERO

A la luz gris del atardecer, Turtle Park susurraba lentamente, como un mayordomo paciente que acoge a su único invitado a la hora del té. Las ramas de hiedra trepadora, crecidas hasta ahogar los gigantescos árboles seculares, y los sarmientos de liana, como capotes polvorientos, oscilaban levemente, mecidos por el suave viento que soplaba desde el mar.

Jason imaginó que se encontraba en un antiguo salón, donde en lugar de brocados valiosos y desgastados, había ramas y hojas, y en lugar de los invitados con sus inseparables tazas de té, había troncos de árboles secos, rugosos por el paso del tiempo.

El chico se adentró por los senderos que subían a través de la colina, abriéndose camino con dificultad entre los arbustos de brezo que habían invadido todo pasaje. Pasó por delante de una fuente ya seca, dejó a la izquierda el armazón de hierro y cristal de los invernaderos, que en un tiempo albergaron plantas tropicales de todos los colores y perfumes, y subió por el bosque de pinos.

Aquí y allí, en los troncos oscuros, se veían brillar pequeños rectángulos metálicos: tiempo atrás, antes de que la hierba conquistara su espacio, cada árbol del parque tenía un letrero con su nombre grabado.

Donde los senderos se cruzaban, entre la espesa alfombra de enredaderas, sobresalían los restos de estatuas difíciles de identificar: titanes, antiguas divinidades protectoras de las encrucijadas, rostros consumidos por el viento y el salitre, caballos alados, perros y cabezas de animales, un ave fénix y otras criaturas olvidadas.

El parque recordaba el eco de antiguas risas y de visitantes perdidos. Estaba cerrado desde hacía muchos años, desde antes incluso de que llegara Ulysses Moore, cuando se habían descubierto las cuevas: se decía que estatuas enteras, y también algunos bancos, se habían hundido de un día para otro, tragados por el subsuelo blando de la colina. El parque en su totalidad había sido construido encima de una inmensa red de galerías subterráneas.

Había sido justo allí, al abrigo de las miradas de los adultos, donde se había formado la pandilla del Gran Verano.

Y había sido justo en aquel parque donde Ulysses Moore y sus amigos habían empezado a explorar el subsuelo de Kilmore Cove, en busca de respuestas.

Por eso, de alguna forma, resultaba lógico que el punto de partida para resolver el último misterio se encontrara en el mismo lugar. La Puerta del Tiempo de Agarthi. La puerta que se abría con la llave del dragón.

Jason no había estado nunca allí, pero sabía perfectamente cómo llegar: se lo había explicado Black Vulcano poco tiempo antes y el chico había hallado indicaciones todavía más precisas entre los apuntes de Ulysses Moore.

Esforzándose por no pensar en Anna, en Rick y en su hermana, pasó por delante del monumento de las tres tortugas, símbolo y firma de los constructores de puertas, y se adentró por un sendero rodeado de plantas de hojas anchas y puntiagudas de un rojo encendido. El zumbido de los insectos que giraban alrededor de su cara era casi ensordecedor. De las nubes llovieron rayos de luz, que dibujaron manchas doradas entre la vegetación.

Jason se abrió paso entre las hojas y alcanzó un pequeño claro sumido en las sombras y circundado por un corro de cipreses, como el claustro de un monasterio.

En el centro del claro del bosque, invisible para quien no lo conociera, había un edificio bajo con forma de cabeza. Era una cabeza monstruosa, mitad sátiro y mitad diablo, con los ojos redondos y el rostro arrugado, la boca abierta de par en par en un grito (o un bostezo) perenne. El rostro estaba ennoblecido por un musgo gris verdoso y cubierto por zarzas espinosas, enmarañadas y punzantes.

Jason se acercó a la boca abierta. Los arbustos habían crecido fuertes y tupidos y, con el paso de los años, se habían espesado hasta hacerse casi impenetrables. Se rasgó las manos intentando separalos.

Por fin, después de muchas tentativas, consiguió abrir un hueco lo suficientemente amplio para pasar y entró.

En el interior de la boca de piedra, invisible desde fuera, había una vieja puerta de madera cuyo contorno resultaba a duras penas distinguible en la penumbra.

Jason se acercó y vio que estaba construida con madera maciza, trabajada en diferentes estratos y recubierta de símbolos arcanos grabados en la superficie: once círculos unidos entre sí por una red de pasadizos.

Ya había visto esos mismos símbolos en otra parte: en la puerta incompleta de Arcadia. No tenía ni las más remota idea de cómo debió de completarse la construcción de aquella puerta, pero pretendía descubrirlo. Todo lo que sabía, o creía saber, era que las Puertas del Tiempo resultaban prácticamente indestructibles: sus goznes habrían soportado la carga de un rinoceronte y la madera habría superado indemne cualquier incendio.

La cerradura, forjada con un metal aún sin nombre, lo miraba de reojo, amenazadora. Su orificio irregular, oscuro y profundo, daba acceso al increíble mecanismo de apertura de la puerta.

Y una sola llave, además de la Primera Llave, la llave maestra, era capaz de accionarlo: la que Jason Covenant empuñaba en ese momento.

La llave del dragón.

Jason la sopesó largo tiempo antes de acercarla a la cerradura. Volvió a pensar en lo que había leído en los apuntes del doctor Bowen: que detrás de aquella puerta era posible encontrar todas las respuestas.

Se volvió una última vez hacia el parque.

Visto desde la boca de la estatua, el claro del bosque, con sus cipreses cual centinelas, tenía un aire funéreo. Era como si los árboles expandieran por el aire jirones de melancolía. Un polen dorado que olía a tiempos antiguos. Procedente de una edad en la que crecían árboles de oro y corrían ríos de miel.

Un lugar imaginario, claro. Como tantos otros.

Sin más titubeos, Jason introdujo la llave del dragón en la puerta de Turtle Park. El mecanismo giró perfectamente, emitiendo un débil clac.

Empujó.

Y entró.

Se encontró dentro de una estancia húmeda, de paredes irregulares. Una pequeña caverna, ligeramente empinada. En la oscuridad se oía un goteo continuo, incesante.

Su primer pensamiento fue que hacía frío. Punzante. De alta montaña.

Jason no sabía qué era lo que le esperaba, así que procedió con cautela, hasta que entrevió, encuadrado en la bóveda rocosa del pasadizo, un pequeño valle.

Recorrió con un nudo en la garganta los últimos metros que lo separaban de la salida de la caverna y, una vez fuera, se quedó sin palabras al contemplar el paisaje. Lejanas cimas nevadas y un lago rodeado de enormes fragmentos de roca con brillantes incrustaciones de mica. A espaldas del lago se levantaba una pared de roca que parecía infinita, cortada en dos por un estrecho cañón por el que discurría un plácido arroyo.

A la altura de la entrada del cañón había una pequeña casa de piedra en la que ondeaban al viento algunas banderas blancas.

Sin más demora se encaminó hacia la construcción, único indicio de presencia humana en aquel valle inaccesible. Pocos minutos después estaba jadeando y frotándose las manos frente a la puerta de entrada.

Llamó.

Se pasó una mano por el pelo y descubrió que lo tenía pegado a la frente: el aire estaba impregnado de un gélido vapor acuoso que flotaba impalpable a su alrededor.

Esperó a que alguien le abriera. Llamó por segunda vez. Después empujó la puerta.

Estaba abierta.

El interior del edificio se encontraba vacío, a excepción de un mísero lecho y un minúsculo altar votivo. Por el altar descendía una cascada de cera, fruto de miles de velas encendidas en el curso de los años. Había formado una especie de río solidificado que llegaba hasta el suelo. Dibujado directamente en el muro, podía verse el rostro de un hombre sentado con las piernas cruzadas; los restos del fresco, aquellas zonas que aún no se habían deteriorado, contemplaban el sobrio ambiente con impasibilidad.

El lecho era duro y frío.

Jason no perdió más tiempo: debía de hacer años que nadie ponía un pie en aquella casa y allí dentro no había encontrado nada que pudiera serle útil.

Salió de nuevo al aire libre, se arrebujó en la ropa y se adentró por el cañón que se abría a pocos metros de él.

En los puntos más anchos, la garganta no superaba los diez metros. Sobre la hendidura se cernía una espesa sombra, arañada solo por la cinta azul del cielo decenas de metros más arriba.

Del arroyo que corría por el centro ascendía una humedad gélida y, a medida que Jason se adentraba en la profundidad del cañón, el sonido del agua retumbaba cada vez más fuerte, hasta llegar a convertirse en un rugido parecido al del motor de un avión.

Jason siguió adelante varios cientos de metros. A veces, en lo alto, los dos extremos de la hendidura se acercaban tanto que parecían tocarse. Las paredes del cañón eran lisas y brillantes. Jason notó que, aquí y allá, surgían algunos nichos excavados en la roca. Una estatua. Los restos ennegrecidos de un fuego votivo. Cera derretida. Inscripciones blancas, trazadas con tiza, en una lengua incomprensible.

Aquel lugar inhóspito, pensó, tenía que ser una especie de santuario.

Caminaba en equilibrio precario entre una piedra y otra y tenía la ropa empapada de agua helada. Los dedos le temblaban, un sudor frío perlaba su frente. A medida que avanzaba, el aire estaba cada vez más viciado y enrarecido, y Jason empezaba a tener dificultades para respirar. Debía aspirar dos grandes bocanadas a la vez para almacenar una cantidad de oxígeno suficiente, y tenía la sensación de que, más que caminar, arrastraba los pies. Si daba un salto, enseguida le daba vueltas la cabeza y tenía que pararse.

Trescientos metros después de haber enfilado la garganta, Jason comenzó a vislumbrar unos reflejos blancos a lo largo de las paredes. No tenía ni idea de qué eran. Pensó que tal vez solo se tratase de imaginaciones suyas y siguió dando vueltas hasta que el sendero se interrumpió bruscamente.

Había llegado a una especie de anfiteatro de hielo. Una enorme cuenca, blanca y opalescente. Las nieves perennes relucían al sol, haciendo llorar los ojos del chico, acostumbrados a la semioscuridad del cañón.

No podía continuar en aquel lugar.

Los extremos de aquella colosal barrera de hielo se derretían y formaban una red de pequeños arroyos, que después confluían en un riachuelo, persiguiéndose entre las piedras. Algunos senderos trepaban valientemente hacia las nieves, pero acababan poco después. Era un espectáculo majestuoso y temible al mismo tiempo.

Mientras intentaba encaramarse a la base del glaciar, al menos cinco veces más alta que él, Jason hizo rodar accidentalmente una piedra que a su vez arrastró otras. Las paredes de hielo amplificaron desmesuradamente el ruido de la caída.

Gritó:

–¡Eh!

Y enseguida el eco le devolvió su voz repetida cien veces.

«¡Eh! ¡Eh! ¡Eh! ¡Eh!»

Hasta que dejó de retumbar en el hielo y se apagó del todo.

–¿Hay alguien? –preguntó, entonces. Y el eco le respondió devolviéndole la misma pregunta–. ¿Me oís? ¡Os estoy buscando a vosotros! ¿Estáis ahí?

«Oís... oís... vosotros... vosotros... ¿Estáis... estáis... ahí... ahí?»

Jason hizo alguna otra tentativa. Después, con dificultad, se sentó en las piedras resbaladizas que despuntaban entre la nieve helada. Miró con atención las grietas que corrían por toda la superficie del hielo. Eran tan profundas que podían tragarse cómodamente un tren entero.

Vio o creyó ver en el hielo las huellas de intentos de escalada. Agujeros de crampones y marcas de cuerdas abandonadas. Señales de piolets. Escalerillas.

¿Era el cuerpo hibernado de un escalador aquello de allí arriba? Jason sacudió la cabeza y la imagen desapareció.

Una serie de agujeros regulares. Escalerillas. Huellas. ¿Cuántos habían perdido la razón, o quizá la vida, en su tentativa de coronar aquel glaciar? A lo mejor también lo habían intentado los amigos del Gran Verano. ¿Qué había escrito Ulysses Moore en sus diarios? «Un lugar infernal, hecho de frío punzante.»

Jason se acarició las mejillas y se dio cuenta de que ya casi no las sentía.

¿Tenía que retroceder? Quizá no era ese el camino correcto. O era solo un engaño, el enésimo, del doctor Bowen…

Por una extraña asociación de ideas, sacó de la mochila la caracola de nieve que Rick y Julia habían encontrado en el sótano de la casa del doctor. La sostuvo en la mano, ante él, y la contempló durante unos larguísimos segundos: pensó que parecía una pequeña cornucopia. Un tirabuzón de madreperla blanquísimo, que parecía hecho para soplar.

«Es una tontería», pensó llevándosela a los labios. Le costaba asirla entre sus dedos, congelados por el frío.

«Pero, al fin y al cabo, intentarlo no cuesta nada.»

Y sopló.

La caracola produjo un débil silbido que, al rozar el aire helado, se transformó rápidamente en un lamento y, por último, en una especie de llamada. El eco añadió tonos y más tonos a la llamada, como acordes cada vez más complejos que enriquecían una única melodía.

Jason hizo una pausa para tomar aliento, después sopló aún más fuerte la caracola, antes de que el eco se apagara del todo. Por un instante fue como si en el anfiteatro situado a los pies del glaciar se hubiera reunido una orquesta de instrumentos de viento.

Después de agotar el poco aire que tenía en los pulmones, permaneció escuchando las notas quejumbrosas de la caracola de las nieves, que se dispersaban en el viento helado.

Cuando retornó el silencio, se quedó muy desilusionado.

Sopló de nuevo.

Y de nuevo.

Pero no pasó nada. Decepcionado, volvió lentamente sobre sus pasos.

Se había llevado a engaño y se había comportado como un tonto. Seguramente aquel no era ni el momento ni el modo de desvelar los misterios de Kilmore Cove. Había otras cosas que hacer antes. Cosas más importantes en las que tenía que pensar. Junto a sus amigos.

Volvió a caminar entre las piedras, sin dejar de darse golpes en el cuerpo con las manos con la finalidad de reactivar la circulación.

Tic tic tic.

A sus espaldas oyó un ruido casi imperceptible, como si un pequeño insecto de metal estuviese correteando encima de una roca.

¿Habían sido imaginaciones suyas?

Tic tic tic.

¡Otra vez! Pero ¿de dónde venía ese sonido?

Se volvió para inspeccionar. Y descubrió que había algo raro que avanzaba con gran agilidad sobre el hielo, derecho hacia él. Parecía una araña, solo que era mucho más grande. Era una especie de montacargas de hierro forjado que se movía por el hielo clavando unas patitas afiladas como arpones.

El montacargas estaba bajando por las grietas.

Y no estaba vacío. Había una persona, de pie, sobre la plataforma de metal brillante.

Llevaba una espesa pelliza con capucha, de la que solo sobresalía una larguísima barba blanca.

Jason se quedó en silencio, incapaz de hablar, observando cómo el vehículo y su desconocido piloto se iban acercando más y más.

Hasta que, cuando ya se encontraban a pocos metros de él, el hombre que estaba al volante de aquel extraño artilugio le dijo:

–¿No te han dicho que te abrigaras? ¡Hace frío en la montaña! –Y le lanzó una capa.

Esperó a que Jason la recogiera y se la ciñese, tembloroso. Después le preguntó:

–¿Puedo saber tu nombre y el motivo por el que me has llamado?

–Soy Jason... Covenant –respondió el chico, titubeando–. Y... ¡la verdad es que no sé decirte por qué motivo te he llamado!

El otro sonrió, o al menos así se lo pareció a Jason: el rostro y los ojos del hombre quedaban casi ocultos por completo por la capucha de piel.

–Está bien. Pero lo has hecho y yo he bajado hasta aquí.

–Lo siento –se excusó Jason–. Yo… soy solo un viajero en busca de… respuestas…

–Y has pensado que las encontrarías aquí –continuó el hombre, inclinándose hacia delante y haciendo oscilar su larga barba–. Es normal que sea así. Ahora lo veo todo mucho más claro.

Mientras el chico seguía preguntándose quién sería aquel extraño tipo y de qué le estaba hablado, él abrió la portezuela del montacargas.

–No perdamos más tiempo. ¿Subes conmigo?

Jason decidió que no era el momento de hacerse de rogar y subió al estribo de metal labrado. Después esperó, en silencio, a que el mecanismo se pusiera nuevamente en funcionamiento.

–¡Caray! –exclamó cuando las patitas comenzaron a moverse.

Se agarró con fuerza a la barandilla de hierro y, después de pensarlo detenidamente, se sentó.

–¡Prohibido tener vértigo! –comentó a su lado aquel tipo tan extraño.

Cuanto más subían, más dificultad tenía Jason para respirar y más punzante era el frío a pesar de la capa. ¿Adónde lo llevarían?

–Eres silencioso, Jason Covenant, para ser un viajero que quiere hacer preguntas –comentó el hombre cuando iban más o menos por la mitad de la ascensión.

El chico sonrió.

–En realidad tengo tantas preguntas que no sé por dónde comenzar.

El desconocido de la densa barba inclinó la capucha de piel hacia él. Jason tuvo tiempo de distinguir dos ojos almendrados, oscuros y luminosos, y el destello de una sonrisa de dientes blanquísimos.

–Bueno, es mejor tener muchas preguntas cuando se viene al lugar en el que están todas las respuestas. ¿No crees?

Jason no sabía qué responder.

–¿Y tú cómo te llamas? –preguntó entonces.

–Antes de salir a buscarte sabía mi nombre –respondió el hombre.

–¿Y ahora?

–Lo he olvidado. –El desconocido se alisó la barba con un toque seco–. Es lo que nos sucede a todos nosotros cuando dejamos Agarthi.

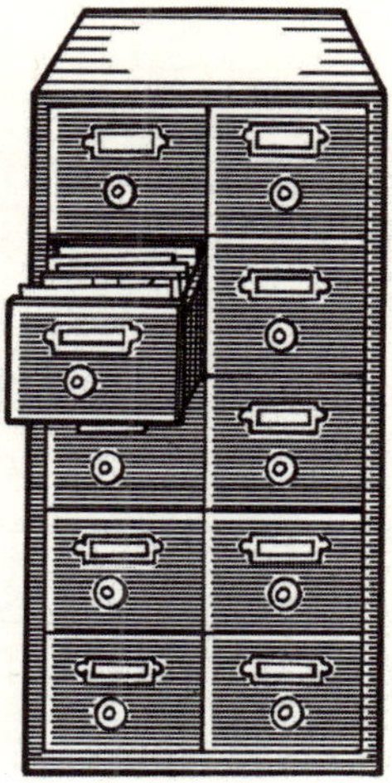

Capítulo 23

Los **PRISIONEROS**

Después de muchos intentos, Anna consiguió echar abajo la puerta del archivo, usando como ariete un mueble de escritorio que había rescatado de una de las habitaciones que daban al pasillo del primer piso de la clínica Pinklewire.

Cuando vio una sala oscura, con tres camastros dispuestos en fila. Cuando vio que había tres personas tumbadas, le dio un vuelco el corazón. Nestor, Black Vulcano y…

–¡Papá! –gritó, precipitándose a su lado.

El señor Bloom tenía los ojos abiertos, pero a duras penas conseguía moverse. Una mordaza le impedía hablar y, cuando Anna se la quitó, sonrió débilmente.

El timbre de su voz era bajo y muy débil.

–Hija mía… –susurró.

–¡Papá! –repitió la chica, sintiendo que le temblaban las piernas y que la voz se le rompía en la garganta–. ¡Papá! ¿Qué te ha pasado? ¿Qué te han hecho?

Él movió la cabeza lentamente. Se encontraba tumbado en el jergón, elegantemente vestido. Su ropa estaba mojada y llena de algas y barro.

–No… me… acuerdo… –murmuró haciendo un enorme esfuerzo, pronunciando las palabras una a una–. Estábamos sentados… en el bar cuando…

–¿Ha sido el doctor Bowen? –preguntó Anna, incapaz de esperar a que su padre terminara la frase.

La chica recorrió con la mirada el cuerpo robusto de Black Vulcano, que roncaba en la cama, al lado de su padre. Después observó el cuerpo frágil de Nestor, que dormía un poco más allá.

No podía ser casual que precisamente ellos tres se encontraran encerrados allí dentro, aislados de los otros heridos.

Y habría apostado a que ninguno de los tres estaba simplemente «durmiendo».

¡Los habían drogado!

–Doctor…… Bowen… –repitió el señor Bloom–. Lo recuerdo… sí… quizá estaba también él… y nosotros… habíamos… casi… conseguido…

–¿Habíais casi conseguido qué, papá?

El hombre la miró y sonrió.

–Anna… –murmuró.

–No te acuerdas de nada, ¿verdad?

Él sacudió lentamente la cabeza.

–¿Puedes levantarte por lo menos? –preguntó ella dulcemente.

El hombre intentó moverse, pero sacudió enseguida la cabeza. No tenía fuerzas para mover ni siquiera un músculo.

–Quizá… más tarde… –susurró–. ¿Los otros…?

–Todavía duermen –concluyó Anna anticipando la respuesta–. Espera aquí. Voy a llamar a alguien y verás cómo…

–Anna… –la llamó su padre con un hilo de voz.

–¿Qué?

–Anna… yo… estoy… bien… solo tengo… mucho… sueño…

–Lo sé, papá, pero ahora verás cómo…

Anna se interrumpió, porque acababa de caer en la cuenta de cómo el doctor Bowen había conseguido reducir a su padre y a los otros dos a aquel estado: ¡la Poción del Sueño que habían encontrado en la farmacia! Y si ese egoísta de Jason no hubiera desaparecido de repente, ahora ella tendría el remedio en sus manos, esto es, las ampollas del Filtro del Rápido Despertar, que estaban en algún rincón de la mochila del chico.

Al sentir el débil apretón de su padre en el brazo, Anna salió bruscamente de su ensimismamiento.

–No pienses… en mí. Tienes… que avisar a tu madre… decirle que estás bien…

–Mamá... –Aquellas palabras fueron como un choque para Anna. En los últimos días le había pasado de todo: había viajado a través de mundos que solo existían en las leyendas populares o en los libros de fantasía, se había perdido en laberintos sin salida, se había enfrentado a monstruos de pesadilla, sectas secretas, inundaciones, doctores sin escrúpulos... Y, con tanto trajín, no había tenido tiempo de pensar en su madre.

«Estará muerta de preocupación», se dijo, notando cómo el sentimiento de culpa le sonrojaba las mejillas.

Su padre le devolvió una sonrisa comprensiva.

–Me han... contado... lo de la libreta...

Esta vez la reacción de la chica fue de sorpresa.

–¿Que te han contado lo de la libreta? ¿Quién? ¿Y qué te han dicho?

–No lo recuerdo... muy bien... –Tras emitir un gemido, el señor Bloom trató de cambiar de posición en la cama, pero no lo consiguió.

A Anna se le hizo un nudo en el estómago.

–Papá, no deberías...

–¿Me la... enseñas?

–¿Cómo? –preguntó ella, sorprendida por aquella petición–. ¿La libreta? ¿La libreta de Morice Moreau? ¡Claro que te la enseño!

Con movimientos febriles, y sin dejar de mirar con preocupación a los otros dos hombres dormidos y la puerta desfondada por la que temía ver aparecer al doctor Bowen de un momento a otro, Anna se sacó del bolsillo la libreta de Morice Moreau y se la entregó a su padre.

–Ah… –murmuró él, abstraído–. Aquí…

La chica abrió la libreta y la puso delante de sus ojos.

–He visto otra… exactamente igual… –dijo el señor Bloom con gran esfuerzo.

Sin preguntarse qué quería decir su padre, Anna miró la libreta, de manera rápida y desordenada. Al pasar las hojas, encontró el dibujo de la mujer que huía y descubrió que Última estaba asomada en aquel preciso momento a las páginas del libro.

–Esta persona se llama Última, ¿ves? –explicó pacientemente–. Vive en un país muy lejano, pero apoyando la mano aquí… consigo escuchar lo que me dice y puedo… hablarle.

Su padre sonrió. Pero Anna vio que no era una sonrisa irónica. Era más bien una sonrisa de complicidad.

–¿Y qué… le estás diciendo…? –le preguntó él.

–Que estoy aquí contigo –respondió Anna.

–¿Y ella…?

–Dice que está contenta de saber que te he encontrado. Ella, ¿sabes?… está muy sola… y espera que la ayudemos… Que volvamos a su pueblo antes de que el pueblo muera.

El señor Bloom cerró los ojos y dio un largo suspiro.

–Muy bien… –murmuró al final, sin dejar de sonreír–. Haz lo que creas que tienes que hacer… cariño… Pero… antes… avisa a tu madre…

Anna le devolvió la sonrisa y se quedó mirando el rostro distendido de su padre, que ya volvía a sumirse lentamente en el sueño.

–Sí, papá –susurró suavemente–. Lo haré. En cuanto los teléfonos vuelvan a funcionar. Te lo prometo.

Se volvió un momento para controlar a los otros dos «dormilones»: Black Vulcano roncaba ruidosamente, mientras que Nestor, el viejo jardinero, apenas respiraba.

Se preguntó dónde estaría su amigo Tommaso, que la había seguido desde Venecia hasta aquel pueblecito perdido de Cornualles. Allí donde se encontrase en aquel momento, esperaba de todo corazón que también él siguiera sano y salvo.

Después acarició la frente de su padre con un beso leve y salió de la habitación.

Capítulo 24

El **FANTASMA** *de* **VILLA ARGO**

Una sombra caminaba veloz por las distintas habitaciones de Villa Argo, observando atentamente lo que estaba sucediendo fuera, en el jardín. Primero desde las ventanas de la cocina, después desde las del piso de arriba.

Arrastraba los pies por el suelo, en precario equilibrio, pues los zapatos le venían demasiado grandes.

Se apoyaba en un largo paraguas negro.

Una señal del destino.

Cuando había comprendido que estaba a punto de suceder algo malo, la sombra había bajado a atrancar la puerta de la casa para impedir el paso en caso de que los intrusos quisieran entrar.

Pero no había contado con los Flint: uno de ellos, el más pequeño para ser exactos, había trepado hasta las ramas del viejo sicomoro y había encontrado una ventana abierta.

Había entrado en la casa.

La sombra había oído sus pasos bajando a toda prisa las escaleras. Se había escondido entre los millares de estatuas que decoraban Villa Argo y había esperado a que el Flint que se había introducido en la casa pasara como una flecha por delante de él, a menos de un metro.

Parecía aterrorizado.

«Tiene miedo», pensó la sombra mientras permanecía inmóvil en su escondite.

Oyó al intruso abrir rápidamente la puerta de entrada desde el interior. Después desapareció en el piso de arriba.

¿Por qué tenía tanto miedo? ¿Y qué podía hacer él para asustarlo aún más?

Mientras repasaba mentalmente las descripciones de la casa que había leído en los libros, encontró la trampilla que conducía al desván, trepó ágilmente y pasó por entre los viejos muebles cubiertos de polvo.

Llegó a la claraboya. La entreabrió para mirar afuera.

Oyó unas voces que hablaban de incendiar la casa.

No podía permitirlo.

Pero el teléfono no funcionaba. La sombra no podía avisar a nadie.

En el desván había un viejo maniquí que llevaba puesta una chaqueta de capitán de barco.

Tommaso Ranieri Strambi la cogió y volvió a bajar lo más deprisa que pudo.

Los primos Flint entraron de nuevo contra su voluntad en la casa.

Caminaron por los salones de Villa Argo con los ojos clavados en el suelo.

Detrás de ellos, el doctor Bowen y Malarius Voynich. Los hermanos Tijeras se habían quedado fuera, en el jardín, vigilando por si llegaba alguien.

–¡Vamos, chicos! –exclamó el doctor–. Un poco más de ánimo, ¿vale?

–¿Por dónde quiere que empecemos? –preguntó con cierta impaciencia el Flint mediano.

–No sabría… –titubeó el doctor Bowen por un momento–. ¡Quizá por la biblioteca! ¿Usted qué dice, Voynich?

–Ni por asomo –respondió seco Malarius Voynich–. La biblioteca primero la quiero ver yo.

El doctor gruñó impaciente.

–¡Muy bien! Pero dese prisa, por favor. ¡Dentro de unos diez minutos como mucho aquí habrá una buena hoguera! –Después posó un pie en el peldaño más bajo de la escalera e impartió ordenes a los chicos–: Pues entonces vamos a empezar por la sala de estar. Quitad los cuadros de las paredes y apiladlos aquí abajo.

–Usted sabe lo que está haciendo, ¿verdad, señor? –inquirió el Flint pequeño, mirando preocupado a su alrededor.

–¡Pues no! ¡Pero no me parece que los verdaderos «Incendiarios» estén echando una mano precisamente!

Y, dicho lo cual, Bowen se marchó por donde había venido, lanzándole una mirada fulminante a Malarius Voynich mientras pasaba por su lado. El jefe de los Incendiarios, con su silueta de pequeño vampiro recortada contra la puerta de la cocina, las manos entrelazadas detrás de la espalda y una expresión indescifrable en el rostro, no hizo el menor movimiento.

A continuación, sin abandonar su pertinaz mutismo, pasó por delante de los tres primos Flint, quienes mientras tanto habían empezado a descolgar torpemente los cuadros de las paredes de la escalera, y subió al piso de arriba.

El Flint pequeño supervisaba el trabajo, lanzando miradas suspicaces de una parte a otra de la casa. Desde que había atravesado la verja de la villa, no había sentido más que malas vibraciones. Y quitar los cuadros de las paredes no le ayudaba precisamente a distraerse.

Miró los retratos, colgados uno tras otro, y le pareció que todas aquellas personas lo recriminaban silenciosamente. Encima de la escalera, además, había un gran espejo que lo ponía aún más nervioso. De hecho, por algún inexplicable motivo, el Flint pequeño temía que al mirarse no vería su propio reflejo, sino el de un desconocido.

–¿No notas nada raro…? –preguntó inquieto al primo mediano, mientras pasaba a su lado para ir a descolgar un cuadro.

–No –respondió este último–. ¿Por qué?

El Flint pequeño dio un suspiro. Todo estaba en orden, se dijo.

Todo en orden, a excepción de que estaban a punto de prender fuego a una casa. Y no a una casa cualquiera: a la casa de Julia Covenant. Su amor secreto.

–¿Habéis dicho algo? –preguntó de repente.

Sus primos, en aquel momento, estaban llevando escaleras abajo un enorme cuadro, sujetándolo por encima de sus cabezas.

–Nosotros no hemos dicho nada.

–Pues estoy seguro de haber oído a alguien que me llamaba... –insistió el Flint pequeño.

Guardó silencio y permaneció a la escucha. La casa crujió levemente, pero al momento pareció estabilizarse de nuevo. En el exterior, el viento silbaba y las contraventanas golpeaban los batientes una y otra vez.

Y de forma casi imperceptible, por debajo de todos aquellos ruidos, una voz lejanísima llamó en un susurro:

–Fliiiiiint...

Al oírlo, el Flint pequeño se quedó blanco de golpe.

–¿Habéis oído? –preguntó angustiado–. ¿Habéis oído?

–Yo no he oído nada –respondió el Flint grande encogiéndose de hombros.

–¡Fliiiiiint!

El primo mediano lo agarró por un brazo con tanta fuerza que casi lo tira cabeza abajo por las escaleras.

–¡Lo he oído! ¡Lo he oído!

Los tres primos se arrimaron los unos a los otros, mirando a su alrededor, aterrorizados.

Pero la voz no parecía tener la más mínima intención de callarse. Es más, aumentó de volumen y pronunció otras palabras aún más alarmantes:

–¡Fliiiiiint! ¿Qué estás haciendo, Fliiiiiint?

De repente, al fondo del pasillo del primer piso surgió una figura. Tenía el rostro sumido en la penumbra y llevaba puestos unos pantalones negros anchos y unos gigantescos zapatos muy relucientes. Además de una camisa blanca y una chaqueta de capitán desgastada.

–¿Qué estás haciendo en mi caaaaaasa? –susurró, alzando un paraguas en cuya extremidad ardía una ligera llama.

A los tres primos se les heló de repente la sangre en las venas.

–¡EL ANTIGUO DUEÑO! –gritaron al unísono.

Un momento después corrían como una exhalación escaleras abajo, arrollando en su fuga precipitada un retrato que acababan de descolgar de la pared. El ruido del cristal y del marco al romperse no hizo sino aumentar su miedo.

–¡UN FANTASMA! ¡UN FANTASMA! –exclamaron a voz en grito los tres mientras atravesaban la planta baja y salían huyendo hacia el jardín.

Pasaron a menos de un metro del pasmado doctor Bowen y llegaron a la verja de entrada a la velocidad de la luz.

En el primer piso de Villa Argo, mientras tanto, reinaba de nuevo el silencio.

Se oyó apenas un chasquido cuando la puerta de la biblioteca se entreabrió.

Después Marius Voynich se asomó a las escaleras.

Dio unos pasos y se detuvo delante del gran espejo. Lanzó una ojeada rápida al pasillo de los dormitorios, donde poco antes había aparecido el fantasma. Volvió a mirar escaleras abajo.

Vio el retrato de Mercury Malcom Moore, el antepasado de Ulysses que había clausurado el Club de los Viajeros Imaginarios y abierto, en su lugar, el de los Incendiarios: estaba roto en mil pedazos a los pies de la escalera. Una sonrisa ácida, complacida, luciferina, se dibujó en el rostro de Voynich.

El jefe de los Incendiarios cruzó las manos detrás de la espalda y echó a andar por el pasillo que conducía a los dormitorios. Se paró delante del de Jason Covenant y dijo, dirigiéndose a la puerta:

–Sal de ahí.

Después, en vista de que solo le respondían los crujidos del suelo y de los muebles, insistió:

–Sé que estás ahí. Venga, sal. No quiero hacerte daño.

Voynich esperó, imperturbable, hasta que vio aparecer el fantasma de Villa Argo: una figura de pequeña estatura, con el rostro oculto en la penumbra, una chaqueta de capitán… y su paraguas.

El jefe de los Incendiarios y el fantasma estaban cara a cara, en silencio.

–Puedes asustarles a ellos, pero a mí no.

El fantasma dio un paso hacia delante y su rostro salió a la luz: era solo un chico.

–¿Eres tú, Jason Covenant?

El chico sacudió la cabeza.

–No, señor. Me llamo Tommaso Ranieri Strambi.

–Ese es mi paraguas, Tommaso Ranieri Strambi –observó Voynich con tono irritado.

El chico no retrocedió ni le devolvió el paraguas. Era como si hubiera estado esperando aquel momento.

–Tengo más cosas suyas, señor Voynich –murmuró con la voz solo ligeramente rota por el miedo.

Dicho lo cual, levantó una mano y le mostró al jefe de los Incendiarios las páginas más bien arrugadas de su manuscrito.

Por un segundo Malarius Voynich perdió su aire imperturbable. Sacó las manos de detrás de la espalda e intentó coger el pliego que Tommaso tenía en la mano.

En su mente se agolpaban las preguntas: ¿cómo era posible que su novela se hubiera salvado de la riada, que había arrastrado al mar absolutamente todo, incluido su coche? ¿Y cómo era posible que estuviera ahora en manos de aquel chico?

–¡Devuélveme eso enseguida! –gritó con rabia.

Tommaso se echó hacia atrás, levantando el paraguas para

mantener las distancias entre él y el jefe de los Incendiarios. Y también en señal de amenaza.

–Paciencia, señor Voynich… –susurró con una sonrisita maliciosa–. Le prometo que se lo devolveré pronto. Solo tiene que hacer lo que yo le diga.

ULYSSES MOORE
La **biblioteca**
Villa Argo

Capítulo 25

AGARTHI

–No consigo entender… –murmuró Jason cuando el montacargas mecánico alcanzó la cima de la grieta y un viento gélido empezó a azotarles la cara.

–¿Qué es lo que no consigues entender, Jason Covenant? –preguntó el hombre que estaba a su lado, escrutaba el horizonte. La luz del sol se reflejaba en las extensiones nevadas. Las profundas fisuras en el hielo eran como enormes cicatrices dejadas por el transcurrir de los milenios.

Jason cruzó los brazos sobre el pecho y se dio unos golpecitos para intentar entrar en calor. A decir verdad, había tantas cosas que no conseguía entender, que no sabía por dónde empezar. Eligió una al azar.

–Eso de que no recuerdas tu nombre… No lo he entendido.

Tras emitir un chirrido más estridente de lo habitual, el montacargas mecánico se instaló en la cima de una hendidura. Después se movió hasta interceptar una especie de sendero, un rastro oscuro a duras penas visible en el hielo.

–No es muy complicado. Es la regla de Agarthi, la Ciudad de los Sabios –respondió el desconocido con la mirada fija en un punto impreciso del horizonte.

Por más que aguzara la vista, Jason solo veía montañas. Cumbres altísimas donde las nubes se quedaban atrapadas y cimas escarpadas que se perdían mucho más allá de donde la vista podía alcanzar. Un infinito manto blanco y gris de resplandores deslumbrantes.

–¿Tú también eres un sabio? –preguntó Jason.

–Tan sabio como larga es mi barba –respondió el otro.

–No entiendo…

–Enseguida lo entenderás, joven viajero. Solo unos minutos y lo entenderás.

La ciudad de Agarthi apareció de repente, como si hubiera surgido del hielo en aquel preciso momento. Tenía el mismo color de la roca de las montañas y la misma forma, larga y afilada, de las cumbres que las coronaban. Parecía una sombra plana impresa contra la piedra. Pero, a medida que uno se acercaba, los bloques dibujados se convertían en casas, los salientes puntiagudos se transformaban en torres y minaretes, y las hendiduras tomaban la forma de calles y callejuelas que se perdían entre los edificios.

–Agarthi… –susurró Jason, extasiado ante aquella visión increíble. Se puso de pie–. ¡Es maravillosa!

La ciudad de las nieves emanaba un aura de majestuosa eternidad. Era tan antigua como los glaciares que la circundaban: nieves perennes que el sol no había tocado jamás, formadas en las eras más remotas del mundo.

Los reflejos del sol hacían imposible mirarla demasiado tiempo: era como mirar fijamente la luz. Las casas y las torres se levantaban unas al lado de las otras y resplandecían, doradas y plateadas al mismo tiempo.

Su extravagante medio de transporte avanzaba dando tumbos por el estrecho sendero despejado de nieve. Solo cuando estuvieron ya al abrigo de las primeras construcciones, el sendero confluyó en otros hasta convertirse en una avenida pavimentada de piedra oscura, de cuya superficie se alzaban bocanadas de vapor.

–Hemos llegado, Jason Covenant –anunció el sabio, mientras el montacargas mecánico se detenía a las puertas de la ciudad.

Jason, ahora, la observaba con la boca abierta: no había verjas, ni murallas defensivas ni fortalezas que la protegieran de un hipotético enemigo. Solo el antiguo glaciar, con sus profundas fisuras, que gemían lentamente.

Después, el sabio señaló al chico una línea de plata que atravesaba de lado a lado el acceso a la ciudad.

–He aquí la solución del misterio. Y la elección que tienes que hacer. Esa línea que ves delante de ti es la Línea de la Sabiduría. En el otro lado de la Línea encontrarás las respuestas que buscas. Pero un vez que la cruces de nuevo para volver atrás las perderás para siempre.

Jason parpadeó, incrédulo. Al parecer, la sabiduría no estaba hecha para él.

–Pues sigo sin entender nada.

–No se puede estar en los dos lados –explicó pacientemente el misterioso individuo barbudo–. Una vez superada la Línea, olvidarás todo, excepto tus preguntas. Pero cuando quieras volver atrás olvidarás todas las respuestas que hayas encontrado en la Ciudad de los Sabios.

–¿Olvidaré las respuestas?

–Exactamente. Igual que yo he olvidado mi nombre. Pero, en cuanto atraviese de nuevo la Línea de la Sabiduría y vuelva al lugar donde nací, lo recordaré.

Jason estaba completamente desconcertado.

–Y, entonces, ¿qué sentido tiene haber venido hasta aquí para buscar las respuestas? Si después no me voy a acordar…

–Si tu mayor deseo es conocer las respuestas, lo único que tienes que hacer es cruzar la Línea. Tiene sentido.

–¡Sí, pero también tengo que poder recordar las respuestas! Si no… –protestó el chico.

–No, no. Si las respuestas pudieran salir de la Ciudad de los Sabios, ya no estarían aquí. ¡Y ningún otro podría encontrarlas!

El rostro de Jason se ensombreció.

–Es absurdo…

–No, yo creo que no –respondió el sabio.

–Entiendo que es tu ciudad, pero… ¿te parece normal no acordarte ni siquiera de cómo te llamas en cuanto sales de ella?

–No solo eso, tampoco me acuerdo del camino de vuelta. ¡Si no fuera por mi montacargas de los hielos…! –dijo riendo el sabio–. Es por razones de seguridad, joven viajero. Las respuestas constituyen una gran tentación para todos.

Jason se moría de rabia y tenía la sensación de que le habían tomado el pelo.

–No estoy seguro de querer entrar –murmuró desilusionado.

El sabio asintió, comprensivo.

–La sabiduría es paz interior, y la paz interior consiste en no tener más preguntas que formular. Eso es lo que enseña Agarthi.

–¡Vaya enseñanza!

–Te entiendo, joven viajero. Todavía estás dominado por los impulsos y por las pasiones de la vida cotidiana. Por eso aún no estás preparado para vivir en Agarthi.

Jason dejó escapar una carcajada sarcástica.

–¡Y sinceramente dudo de que lo esté nunca!

–Te puedo acompañar hasta donde te he encontrado, entonces. ¡Y darte otra caracola de las nieves para cuando quieras volver a vernos!

Entonces Jason levantó la cabeza, como iluminado por una idea.

–¿Puedo tomar apuntes? –preguntó.

–¿Cómo dices?

–Aunque no recuerde nada, ¿puedo tomar apuntes?

El sabio sacudió la cabeza.

–Me temo que no, joven amigo. Serás registrado a la entrada y a la salida de la ciudad. Y no podrás llevarte afuera nada que no sea lo que has llevado adentro.

Jason se mordió los labios.

–Ni siquiera una pequeña anotación...

–No, Jason Covenant. Las respuestas serán solo para ti.

«Solo para mí», pensó Jason.

Al parecer, no tenía alternativa.

Jason había abandonado a los demás siguiendo una intuición repentina. Había llegado hasta allí para saber. Para conocer las respuestas a todas sus preguntas.

Miró a su misterioso acompañante. Parecía sereno, sincero.

«Las respuestas son solo para mí. Y las olvidaré.»

Jason Covenant, el egoísta.

Se echó a reír de golpe.

–¿Por qué te ríes? –le preguntó el sabio.

–Porque se me acaba de ocurrir una cosa. No puedo llevarme de la ciudad nada más que lo que ya tengo, ¿no?

–Eso es.

–Y dices que si cruzo esa línea de plata olvidaré muchas cosas de mí mismo. ¿Cuántas, exactamente?

–Algunas. Quizá todas. Depende de lo que sea importante para ti de verdad.

Jason se quedó pensando largo tiempo en qué era y qué no era realmente importante para él. Después dijo:

–¿Me prometes una cosa?

–Depende, Jason Covenant.

–Si después de cruzar la Línea de plata me olvido de volver a casa, ¿me obligarás a pasar de nuevo a este lado?

El sabio asintió gravemente.

–Eso puedo prometértelo.

Entonces Jason bajó al suelo, dio tres pasos sin detenerse y cruzó la Línea de la Sabiduría.

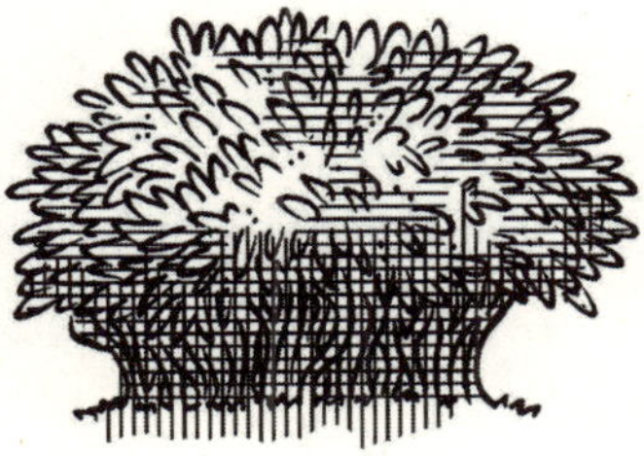

Capítulo 26

LLEGAN *los* NUESTROS

–¡Chissst! –dijo uno de los matorrales del jardín de Villa Argo.

El gemelo de rizos miró a su alrededor, perplejo. A poca distancia de donde se encontraba, su hermano andaba a vueltas con la puerta de la casa de Nestor. Estaba intentando forzar la cerradura mientras el doctor Bowen caminaba arriba y abajo en plena crisis histérica. Rió con sorna, disfrutando de la escena.

Un instante después el matorral lo llamó por segunda vez.

Decidió ir a ver qué pasaba. Cuando estuvo lo bastante cerca, notó que había alguien oculto entre el follaje. Al principio pensó que se trataba de uno de los tres mocosos del pueblo, que habían salido de la casa pocos minutos antes corriendo despavoridos y gritando como locos.

Pero después descubrió que se había equivocado: detrás del matorral había un chico pelirrojo, que le apuntaba con un extraño artilugio.

–¡Ah, Rick, eres tú! –exclamó el Incendiario al reconocerlo–. ¿Qué haces aquí? ¿Y qué es eso? ¿Un fusil?

–Podría hacerte la misma pregunta –susurró el chico–. Y sí, es un fusil. Y está cargado.

–¿Te has vuelto loco? ¡Bájalo! –protestó el de ricitos.

–Depende de lo que hagas tú.

–¡Oh, puedes estar tranquilo! No daré la alarma. Además, hay mucho jaleo por aquí, chico... –confesó el de ricitos.

–Lo he notado... ¿Qué está pasando si puede saberse?

El hermano de rizos suspiró.

–Nuestro jefe quiere saber algunas cosas del doctor, quien, a su vez, ha puesto una condición para contarlas: tenemos que ayudarle a quemar Villa Argo. Pero por suerte nuestro jefe no parece muy convencido de quererlo hacer. Por eso nos ha pedido que le demos largas.

–¿Quemar Villa Argo? ¡Pero eso es una locura! ¿Y vosotros qué pensáis hacer?

–Estamos dando largas –respondió el del pelo rizado, encogiéndose de hombros.

–Pues no me parece... –observó Rick señalando la casa de Nestor, adonde el hermano rubio y Bowen habían conseguido entrar mientras tanto. La idea de que un desconocido pudiera hurgar entre los secretos y las pertenencias de Nestor le revolvía el estómago. Si hubiera sido un poco más alto, fuerte y valiente, Rick habría ido directamente hacia el doctor y lo habría tumbado de un puñetazo. Pero no podía hacerlo, entre otras cosas porque el doctor Bowen iba mejor armado que él.

–¡Oh, no tienes que preocuparte por eso! Mi hermano sabe lo que hace –respondió el de ricitos con una sonrisa maliciosa–. Y tú, ¿qué haces escondido ahí detrás?

–Estoy preparando un plan. Y además no estoy seguro de poder fiarme de vosotros.

El de rizos se rascó la cabeza, perplejo.

–Tampoco nosotros estamos seguros de nada.

Rick preguntó:

–¿Puedes hablar con tu jefe sin que Bowen llegue a sospechar nada?

–Sí.

–Bien. Entonces dile que el doctor no sabe nada que no sepamos también nosotros. Si el precio por la información es quemar la casa, nosotros le contaremos todo, sin que haya necesidad de destruir nada. Lo único que os pedimos a cambio es que nos ayudéis a detener a Bowen.

El de ricitos asintió.

–Podemos probar.

–Y acuérdate de lo que hemos pasado juntos –susurró Rick con tono severo.

Por toda respuesta, el otro le guiñó un ojo y después se alejó rápidamente.

En cuanto el de rizos desapareció dentro de Villa Argo, Rick se arrastró entre los matorrales y las plantas olorosas del jardín hasta un lugar más apartado. Recorrió un breve trayecto al descubierto y, por último, se acurrucó al lado del tronco de una vieja encina.

–¿Y bien? –le preguntó Julia, que lo estaba esperando escondida detrás del árbol.

Después de haberse despedido de Jason, Rick y ella habían vuelto a subir en moto la carretera de la costa. Pero al llegar a la altura de Villa Argo habían notado algo extraño: la verja estaba abierta y, aparcado dentro, se entreveía un viejo utilitario color café con leche. Rick no se fiaba, así que siguió hasta la curva siguiente y aparcó la moto detrás. Después volvieron andando hasta la verja.

Una vez comprobado que el camino estaba libre, entraron en el jardín, donde vieron a los hermanos Tijeras dando vueltas con aire aburrido. Indecisos sobre si fiarse o no de ellos, al final habían preferido no salir al descubierto. Y habían hecho bien: al cabo de un rato, de hecho, se había oído resonar la voz del doctor Bowen, que estaba impartiendo órdenes.

Pero ¿qué estaban haciendo? Rick había ido a la zona de delante para descubrirlo y, cuando regresó, Julia intuyó por la expresión preocupada de su semblante que no traía noticias tranquilizadoras.

–Bowen tiene la intención de quemar Villa Argo –le refirió con la voz cargada de tensión.

–¿Cómo? ¡Pero eso es absurdo! Rick, ese hombre está loco y nosotros tenemos que detenerlo a toda costa.

–Estoy tratando con los Incendiarios. No parecen muy dispuestos a secundarlo.

–¿Dices que podemos fiarnos de ellos?

El chico sacudió la cabeza.

–En este momento, es la única posibilidad que tenemos.

Julia se puso en cuclillas, agazapada, y escudriñó el jardín de Villa Argo. Desde que había salido de aquel húmedo sótano de Humming Bird Alley estaba mucho mejor y ya casi no tosía. Se sentía de nuevo con fuerzas, llena de energía, y tenía unas ganas enormes de romperlo todo. Pero aquella espera forzada le producía una odiosa sensación de impotencia, como si aún siguiera estando prisionera en aquel sótano.

Rick se agachó a su lado.

–Ya ha pasado… –susurró.

–¿Qué ha pasado?

–El fuego –explicó el chico–. La Puerta del Tiempo está toda ennegrecida. Ya han intentado quemarla.

–Pero no lo han conseguido –respondió Julia–. Y no lo conseguirán tampoco esta vez.

Cuando el gemelo de rizos subió corriendo las escaleras de Villa Argo para comunicarle a Voynich la propuesta que acababa de hacerle Rick, Tommaso Ranieri Strambi volvió a ocultarse en la penumbra del dormitorio de Jason. Desde allí había podido escuchar buena parte de lo que los dos Incendiarios se habían dicho en el pasillo y se sintió invadido por una oleada de optimismo. Quizá no todo estaba perdido.

Imaginó a Jason, Julia y Anna, y a los mismísimos Ulysses Moore, Leonard, Peter, Black y todos los amigos del Gran Verano, preparados en sus puestos para evitar que incendiaran Villa Argo y destruyeran su secreto.

Cuando oyó al hermano de rizos bajar de nuevo los escalones hasta la planta baja, Tommi salió del dormitorio aún más arrogante y combativo que antes.

–Yo sé qué clase de tipo es usted... –le dijo a Malarius Voynich, quien mientras tanto había adoptado su típica postura en el centro del pasillo semioscuro y permanecía en silencio, sumido en sus propios pensamientos.

–Ah, ¿de verdad? Ilumíname –respondió él sin tan siquiera volverse. Seguía pensando en su manuscrito, surgido del mar como un tesoro resplandeciente, y ahora en manos de aquel chico vestido como un capitán de barco.

–Usted finge ser escéptico.

El jefe de los Incendiarios se encogió de hombros. Naturalmente, el muchachito se equivocaba: él, Malarius Voynich, era el rey de los escépticos. Era un destructor de la credulidad popular. Era un guardián de la realidad. Era la persona encargada de poner las cosas en su sitio. En su oficina tenía incluso un inmenso fichero en el que cada objeto encontraba su exacta ubicación. Malarius Voynich era un hombre preciso, sin vaguedades ni fisuras.

O, cuando menos, lo había sido antes de decidir marcharse de viaje. Por lo demás, su hermana siempre le decía que no se marchara viaje.

Enseñó los dientes, llevado por el flujo de sus propios pensamientos. Solo pensar en su hermana Viviana lo ponía de mal humor. No eran simples desaveniencias. Era una verdadera ruptura.

–Usted no es como el doctor Bowen, señor Voynich –insistió Tommaso.

–Estás muy equivocado, jovencito. Lo soy, vaya si lo soy. Soy un cirujano del fuego. Elimino las impurezas y los errores. Convoco los relámpagos con mis paraguas lanzallamas y evito que las personas sigan teniendo un montón de pájaros en la cabeza. Suturo y cicatrizo. Y mantengo estable la realidad.

–No puede querer destruir esta casa de verdad –continuó Tommaso, impertérrito–. Cuando me capturó en Venecia, su hombre, Eco, quería que le dijera adónde había ido Anna. Anna había venido aquí, a este pueblo, pero él no quiso creerme. Decía que Kilmore Cove no existía. Que Villa Argo no existía. Y después aparecieron los monos, señor Voynich, y tampoco debería haber monos en Venecia. Pero llegaron y me liberaron. Me acompañaron hasta la góndola mecánica de Peter Dedalus, un personaje que yo había conocido por las páginas de un libro. Un libro, ¿se da cuenta? No entendía nada. Así que tuve que dejar de intentar entender para empezar a creer. He creído en la historia y he llegado hasta aquí. Por culpa o gracias a las páginas de un libro.

Malarius Voynich lo había escuchado en silencio. Él había hecho prácticamente el mismo recorrido, solo que las páginas que lo habían llevado a él hasta Kilmore Cove no eran páginas escritas, sino dibujadas. Dibujadas por un ilustrador loco llamado Morice Moreau, que había decorado con frescos las paredes de una casa en Venecia.

Voynich había comprado la casa veneciana a una compañía inmobiliaria de Londres poco escrupulosa (una operación que le había costado muy poco en realidad, dado que la gente pensaba que la casa estaba maldita y nadie quería vivir en ella) y había contratado a una restauradora profesional para recuperar los frescos. Pensaba que así conseguiría desvelar el misterio de la libreta de Morice Moreau. Pero con el paso del tiempo, en lugar de lograr resolver el misterio, había acabado... observando.

Y esperando.

–«La realidad es todo lo que queda cuando dejas de creer...» –citó Voynich, de un modo que los hermanos Tijeras sin duda habrían apreciado.

–Exactamente, señor Voynich.

–No es una frase mía –puntualizó enseguida el jefe de los Incendiarios–. Es de un escritor de ciencia ficción que habla de cosas que no existen.

–¿Por qué dice que no existen? –protestó Tommaso, agitando en el aire el paraguas y las hojas de *Corazón sin dueño*–. ¿Esto es real, en su opinión?

Voynich odiaba tener que dar clases de realidad a aquel jovencito impertinente. Y le molestaba aún más que tuviera en sus manos su preciado manuscrito. Había tardado cincuenta y siete años en escribir las primeras cincuenta y seis páginas. Y pocas horas, en los últimos días, en borrar una decena y escribir otras veinte. Había que ordenarlas, por supuesto, y pulirlas un poco, pero aun así…

–¿Y sabe una cosa? –añadió Tommaso.

–¿QUÉ? –gritó Voynich, exasperado.

–He leído las primeras páginas y están muy bien escritas –dijo el chico–. Me gustaría saber cómo sigue la historia.

Por segunda vez en el transcurso del día un temblor recorrió el rostro normalmente impasible de Malarius Voynich. Abrió un poco la boca para respirar y se dio cuenta de que tenía los labios resecos.

–¿Lo dices de verdad?

–Sí –concluyó el chico–. Lo digo de verdad.

Todo estaba listo en el jardín de Villa Argo.

Rick y Julia se pusieron en movimiento rápidamente.

Llegaron hasta la caseta de las herramientas para echar un vistazo rápido. Era un cobertizo de tres metros por tres, con una sola ventana y una puerta muy resistente, cerrada con una pesada cadena.

Abrieron el candado con la llave que estaba escondida en la maceta de la derecha, echaron una ojeada al interior y sacaron las herramientas más pesadas.

Hecho lo cual, concluyeron:

–Es perfecta.

El cielo protestó furiosamente, dejando caer alguna pequeña gota.

Rick y Julia se escondieron cerca de la caseta y esperaron.

El gemelo de rizos apareció pocos minutos después. El doctor Bowen y el rubio le seguían a poca distancia. El doctor estaba furioso porque le habían interrumpido justo en el momento en que estaba a punto de prender fuego a la casa de Nestor.

–¡Antes o después los Covenant volverán! –dijo a voz en grito–. ¡No tenemos todo el día! ¡Debemos movernos ya!

–Nuestro jefe quiere hablar con usted precisamente de eso, doctor Bowen –mintió el de ricitos, abriéndose camino hasta la caseta de las herramientas.

–¿Y no podía venir él a decírmelo en lugar de tener que ir yo? –estalló el doctor Bowen–. Y, además, ¿no estaba en la biblioteca?

–Hemos encontrado algo extraño ahí dentro. ¡Algo decididamente extraño! –añadió el de ricitos, señalando el interior de la pequeña construcción.

–¿Qué? ¿Un rastrillo mecánico proyectado por el loco de Dedalus? –gruñó el doctor, demasiado furioso para razonar.

–Usted seguro que sabe lo que es –sugirió el rubio.

El doctor se precipitó hacia la caseta.

–¡Dejadme ver! Voynich, ¿está usted ahí dentro?

En cuanto el doctor traspasó el umbral, Rick y Julia saltaron de los matorrales. Cerraron la puerta a sus espaldas y, ayudados por los dos Incendiarios, la mantuvieron bloqueada.

Con la rapidez de un prestidigitador, Rick puso el candado en la cadena. Después retiró la llave y la escondió de nuevo en su sitio, en la maceta que estaba a la derecha de la puerta.

El doctor Bowen lanzó un furioso bramido.

–¿QUÉ ESTÁIS HACIENDO? –gritó, dando puñetazos contra la puerta.

–¡Donde las dan las toman, doctor Bowen! –gritó Julia por respuesta–. ¡Así aprenderá a no encerrarnos en el sótano!

–¿VOSOTROS? –se asombró el doctor–. ¿CÓMO HABÉIS SALIDO? ¿QUIÉN OS HA ABIERTO LA PUERTA?

–¡La hemos abierto nosotros solos! ¿Nos creía de verdad tan estúpidos? –respondió Rick.

Oyeron a Bowen revolviendo y arremetiendo contra las herramientas de la caseta.

–¡Dejadme salir! ¡No podéis tenerme aquí!

–¡Le aconsejo que emplee todo el tiempo que se va a pasar encerrado ahí dentro en preparar las explicaciones que tendrá que dar a la policía cuando vengan a detenerle! –gruñó Julia.

En el cobertizo, los ruidos de golpes y de sacudidas se hicieron aún más intensos.

–¡Y VOSOTROS! –gritó el doctor a los hermanos Tijeras–. ¡VUESTRO JEFE OS MATARÁ! ¡SACADME INMEDIATAMENTE DE AQUÍ!

–Lo siento, doctor Bowen, pero hemos recibido órdenes tajantes al respecto.

En ese instante, a la altura de la ventana se vislumbró un reflejo metálico.

–¡OS LO ADVIERTO! –gritó el doctor–. ¡TENGO UNA PISTOLA!

–¡Apartaos! –exclamó Rick, señalando el camino que estaba a la derecha de la caseta.

–¡QUIETOS! ¡TENGO UNA PISTOLA! –amenazó de nuevo el doctor.

Era verdad. Tenía una pistola.

Pero no iba a resultar de gran ayuda para salir de allí.

Capítulo 27

Más **ALLÁ** *del* **UMBRAL**

–Aquí está su manuscrito –dijo Tommaso, al tiempo que le entregaba las páginas de *Corazón sin dueño* a Malarius Voynich.

Estaban todos sentados en la sala con la bóveda de ladrillo, la más antigua de la casa. Un viento insidioso, que soplaba desde el mar, imprimía a aquel encuentro cierta sensación de precariedad. Los cuadros con los retratos de los Moore se hallaban apilados de cualquier modo a los pies de la escalera. Las puertas que daban al jardín todavía estaban abiertas de par en par y una lluvia ligera repiqueteaba en los cristales.

Julia, Rick, Tommaso, los dos hermanos Tijeras y Voynich estaban sentados los unos frente a los otros, con expresión recelosa e inescrutable, como jugadores de póquer.

El jefe de los Incendiarios cogió rápidamente el manuscrito, como temiendo que los hermanos Tijeras se dieran cuenta, y se lo escondió en el bolsillo interior de la chaqueta.

También desde aquella sala seguían oyendo los golpetazos que daba el doctor Bowen, encerrado dentro de la caseta de las herramientas a la espera de que llegara la policía. Se encargarían de él en cuanto funcionaran las líneas telefónicas.

Por el momento había otras prioridades.

–Habéis prometido que nos contaríais todo lo que sabéis sobre esta historia de las puertas –recordó Malarius Voynich, tomando la palabra–. Sobre todo lo que no está escrito en los libros, claro.

–¿No prefiere… –se atrevió a preguntar Julia– simplemente irse y hacer como si no hubiera pasado nada?

El jefe de los Incendiarios hizo un brusco ademán.

–No quiero irme. Y además, aunque quisiera no podría porque la riada ha arrastrado mi coche al mar. Lo que quiero es saber dónde estoy y qué tiene de especial una sala repleta de cachivaches inútiles.

Los chicos intercambiaron una mirada de preocupación.

Tenían dos posibilidades: la primera era usar sus armas, el paraguas y los fusiles submarinos, para obligar a los Incendiarios a irse. Pero corrían el riesgo de encontrarse de nuevo con ellos cara a cara algún día. La segunda, en cambio, era contarles todo cuanto sabían de las Puertas del Tiempo.

El silencio que siguió fue tal que se podía oír el ruido del polvo que se acumulaba en los muebles.

Malarius Voynich levantó lentamente una mano.

–Empiezo a cansarme de estos jueguecitos.

Puso encima de la mesa la libreta de Morice Moreau.

–He llegado aquí siguiendo esta libreta. Vosotros deberíais de tener al menos otro ejemplar. Vamos a empezar por ahí. ¿Podéis sacarla, por favor?

Julia asintió. Abrió su mochila y comenzó a rebuscar en su interior.

Transcurridos unos minutos, sin embargo, abrió los ojos de par en par.

–¡RICK! –exclamó–. ¡La libreta ha desaparecido!

–¿Cómo que ha desaparecido?

La chica volcó todo el contenido de la mochila en el suelo.

De la libreta no había ni rastro.

–¡No lo entiendo! –dijo perpleja, sacudiendo la cabeza–. Estaba aquí hasta hace un momento… –Se interrumpió bruscamente y miró a Rick–. ¡Jason!

Rick se llevó las manos a la cabeza

–Pero ¿por qué? –se preguntó.

No había tiempo para averiguar lo que había pasado.

–Empezamos muy mal –gruñó Malarius Voynich mirando los objetos esparcidos por el suelo–. A lo mejor es cuestión de ir a charlar con el doctor…

–¡No! –le espetó Rick–. El hecho de que la libreta no esté aquí no significa que… no la tengamos.

–La ha cogido mi hermano –dijo Julia.

–Y el otro ejemplar lo tiene Anna –añadió Tommaso.

Voynich empezó a tamborilear con los dedos en las páginas de la libreta. Conocía a esos dos: Jason Covenant y él habían tenido algún «intercambio de opiniones» a través de las páginas de la libreta parlante, y Anna era la hija de la restauradora de Venecia.

–Muy bien. ¿Y Jason y Anna dónde están?

–Creo que están en el pueblo… –respondió Julia.

–Me estáis contando una sarta de embustes –dijo Voynich, que ya había perdido la paciencia del todo, recalcando las palabras–. Será mejor que hagamos lo que proponía Bowen. Una casa decrépita y llena de absurdas leyendas menos, que podrá ser sustituida rápidamente por un moderno chalet con varios porches, sala de juegos y ningún misterio.

–Se equivoca –intervino el gemelo de rizos, tragando saliva ruidosamente en cuanto hubo pronunciado aquellas palabras. Era la primera vez en muchos años que se atrevía a contradecir una afirmación de su jefe. Pero ya que lo había hecho, era mejor continuar–. Mi hermano y yo hemos visto la libreta con nuestros propios ojos. ¡Díselo tú también! –Y le dio un codazo a su hermano, que, por el contrario, no parecía tener ninguna intención de hablar.

Al final, sin embargo, el rubio admitió, suspirando:

–Hemos atravesado una Puerta del Tiempo, señor Voynich. Hemos entrado en un laberinto de oro, rodeado de oscuridad. Nos hemos enfrentado a un monstruo hecho de tinieblas, y de las tinieblas hemos vuelto a la luz. Ha sido una experiencia… sensacional. Créame.

–¿Creeros? –replicó Voynich–. Yo *querría* creeros. Pero eso son solo palabras, palabras y más palabras... Igual que lo de esta maldita libreta. Solo palabras. En cambio, lo que sí veo a mi alrededor es una tranquila salita llena de polvo de una casa situada en la cima de un acantilado, con el viento azotando...

¡PLAF!, se oyó en aquel preciso instante: la ventana de la habitación de la torre, en el último piso, se había abierto de par en par repentinamente.

El viento comenzó a bramar escaleras abajo, colándose entre las fisuras y rendijas de la Puerta del Tiempo de Villa Argo como un río a punto de desbordarse.

Fue Julia la que se puso de pie en primer lugar.

Cogió la caja de las llaves, que yacía en el suelo, entre las cosas que había sacado de la mochila.

La puso en la mesita alrededor de la cual estaban sentados, abrió la tapa y, con suma delicadeza, como si manipulase algo sagrado, cogió las cuatro llaves de Villa Argo.

–Si lo que quiere es verlo con sus propios ojos, señor Voynich, entonces agárrese fuerte. Porque ahí abajo sopla un viento huracanado.

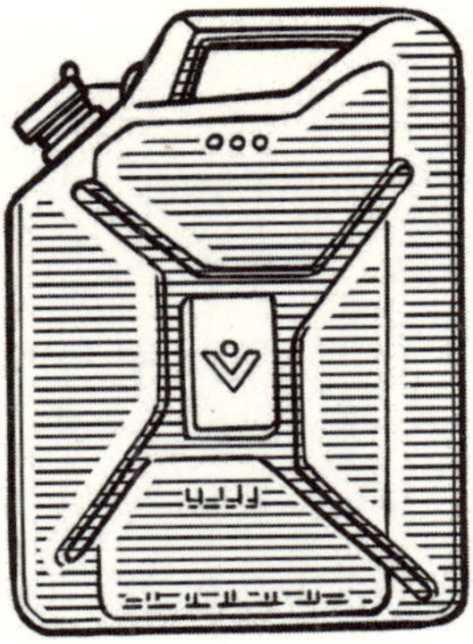

Capítulo 28
La PERSECUCIÓN

«Julia Covenant», pensó el Flint pequeño.

Y aquel pensamiento, y lo que había visto por el rabillo del ojo, le hicieron detenerse.

–¡Eh! –gritó a los otros dos, que corrían sin aliento carretera abajo por el acantilado.

Pero ni el Flint mediano ni el Flint grande lo oyeron. Estaban tan aterrorizados por lo que habían visto y oído en la casa que habrían seguido corriendo hasta caer desplomados.

Él tampoco se habría parado nunca si no hubiera visto, casi por casualidad, a la chica que hacía que su corazón latiera incluso más rápido que con el miedo.

En realidad, no la había *visto*.

Había *creído* verla.

Nada más traspasar como un rayo la verja de entrada de Villa Argo, el Flint pequeño había echado una última ojeada a sus espaldas y había visto aquel jardín, que en su mente estaba poblado de terribles espectros. Y le pareció ver a uno de ellos caminando entre los árboles del otro lado del recinto.

Con el pelo largo, color miel.

Había tardado un buen rato en asociar aquella figura, aquel cabello, a alguien familiar. Y al final había decidido que lo que había visto no era un espectro: era Julia Covenant.

Cuando aquel nombre luminoso surgió del confuso caos que reinaba en su mente, el Flint pequeño se detuvo.

Por un instante pensó en ir corriendo a avisar a Julia de la presencia del fantasma. Pero después, mientras volvía sobre sus propios pasos, se acordó de que Julia vivía desde hacía muchos años en aquella casa. La conocía bien.

Y por tanto tenía que saber de la existencia del fantasma.

¡A menos que no se tratase de un fantasma verdad, sino... de un truco para que salieran huyendo!

Pensándolo bien, ¿qué hacía Julia en el jardín de Villa Argo justo cuando ellos querían prenderle fuego? ¿Estaba sola o estaba también su hermano?

O peor aún, ¿Rick Banner?

–Traidor pelo panocha...

El Flint pequeño se guardó el miedo en el bolsillo, dejó que sus primos siguieran corriendo hasta Escocia y aceleró el paso, dirigiéndose de nuevo hacia la casa de los misterios.

Cuando llegó a la verja, se sorprendió de cómo había cambiado todo en pocos minutos. El doctor Bowen había abandonado la casa del jardinero, dejando la puerta abierta de par en par. Los dos hermanos Tijeras ya no merodeaban por las escaleras y senderos del jardín: aquel jardín espectral, con todos aquellos árboles que oscilaban lentamente como centinelas, o como astillas clavadas bajo las uñas… en ese momento se encontraba desierto y aún resultaba más tétrico que antes.

Dio unos pasos inciertos por el jardín y se detuvo en seco, paralizado por el miedo. Había oído unos gritos. Una voz desconocida, inhumana, que gritaba al viento palabras incomprensibles.

De nuevo sintió el impulso de escapar, de una vez por todas, lejos de aquella casa maldita y de los espectros que la habitaban. Entonces cayó en la cuenta de que aquella voz, en el fondo, no era del todo desconocida: parecía la del doctor Bowen.

Era la del doctor Bowen.

Más cauto que nunca, el Flint pequeño se aventuró en el jardín de Villa Argo, dirigiéndose hacia el lugar de donde parecían provenir los gritos. Se deslizó de un árbol al otro con movimientos de agente secreto, como si en el interior de la casa estuviera apostado un francotirador, preparado para dispararle de un momento a otro.

Procediendo de aquel modo, tardó más de diez minutos en llegar hasta la caseta de las herramientas. Y cuando alcanzó su objetivo, buena parte del estruendo y el griterío había cesado.

Salvó el último tramo y asomó la cabeza entre los arbustos de romero.

–¿Doctor Bowen? –susurró.

De repente se oyó un disparo, que no alcanzó al Flint pequeño por los pelos.

–¡Eh! ¡Está loco!

–¡Tengo una pistola! –gritó el doctor desde dentro de la caseta.

–¿Y le parece un buen motivo para matarme? –protestó el Flint pequeño.

No hubo respuesta.

–¿Quién eres? –preguntó la voz cavernosa del doctor.

–Soy Flint.

–¡Bendito sea el cielo! ¡Flint! ¡Amigo mío! ¡Sácame enseguida de aquí!

El Flint pequeño no estaba muy convencido. Después de todo, un momento antes había estado a punto de acabar con él de un disparo.

–¿Qué le ha pasado? –inquirió, desconfiado.

–¡Me han tendido una trampa! –exclamó el doctor–. ¡Esos dos desgraciados... estaban de acuerdo con los chicos! Con la gemela de Londres y con su novio, Banner.

«¿Banner...? *¿Novio?*»

Esa palabra quedó grabada en la mente del Flint pequeño como un flecha envenenada. Una flecha que, en lugar de quitarle la vida, hizo que se apoderara de él una rabia incontenible.

–¿Qué puedo hacer para sacarlo de aquí? –preguntó de repente, apartando de sí toda sombra de perplejidad.

–Busca la llave del candado. ¡He visto que el pelirrojo la ha escondido por ahí cerca! –respondió el doctor, aporreando con los puños la puerta de la caseta, impaciente.

El Flint pequeño no se lo hizo repetir dos veces. Exploró rápidamente todo cuanto había al lado de la puerta y no tardó mucho en encontrar la llave en la maceta que estaba a la derecha del cobertizo.

–¡La llave siempre está escondida en la maceta de la derecha! –afirmó exultante, plenamente satisfecho de su máxima, mientras introducía la llave en el candado.

El doctor Bowen y el Flint pequeño se dirigieron con paso decidido hacia la casa. Entraron a hurtadillas, el doctor delante, con la pistola pegada a la nariz como en las películas policíacas, y el chico inmediatamente detrás, listo para cualquier eventualidad, arrastando con dificultad una lata de gasolina que habían encontrado en la caseta de las herramientas.

Pasaron por delante de la cocina, donde el único ruido que se oía era el del grifo del fregadero, que goteaba, y entraron en el gran salón de la chimenea, con las caras de las máscaras y de las estatuas asemejando a monstruos listos para atacarles. De allí pasaron a la salita con el viejo teléfono de baquelita negra, comprobaron que la línea siguiera cortada y después echaron una ojeada dentro de la sala de la bóveda de ladrillo.

Se detuvieron al pie de las escaleras.

Había una ventana abierta que daba golpes en alguna parte del piso de arriba. Subieron las escaleras para echar una rápida ojeada.

–No están –concluyó el doctor Bowen después de haber mirado también en el porche–. ¡Pero no se me van a escapar así como así!

En un arrebato de ira, le propinó una patada a la estatua de la pescadora que había en el porche. La estatua cayó al suelo y se rompió a la altura del cuello.

Testigo privilegiado de aquella escena, el Flint pequeño sintió como una puñalada, una hoja helada que le atravesó el pecho. Fue como si toda la casa estuviera conteniendo la respiración. Volvió a pensar en la voz del fantasma, en la chaqueta desgastada del antiguo dueño, y sus piernas se pusieron a temblar otra vez.

–¡Ahora van a ver lo que es bueno! –bramó el doctor Bowen, levantando la pistola hacia el techo–. ¡Flint! –le gritó, sobresaltándolo–. ¡Cógelas!

Le pasó una caja de cerillas

–Empieza por la casa de Nestor. Rocíala de gasolina. Después ocúpate de Villa Argo. No te preocupes, podrás hacerlo: es vieja y de madera, ¡el fuego arderá en un abrir y cerrar de ojos!

–¿Y usted, mientras tanto?

–¡Oh, no tienes que preocuparte por mí! –dijo el doctor con una sonrisa espectral–. Pase lo que pase, no tienes que preocuparte por mí.

Sacó del bolsillo la cartera con un movimiento febril, extrajo todos los billetes que tenía y se los dio al chico.

El Flint pequeño sacudió la cabeza.

–Vamos, cógelos –insistió el doctor; le agarró la mano y le plantó encima el fajo de billetes. A continuación, le dio una vigorosa palmada en el hombro–. ¡Y ahora muévete! ¡Venga! ¡Ve!

Después, sin perder más tiempo, se desabrochó los primeros botones de la camisa y cogió la llave que llevaba colgada del cuello en una cadenita de oro.

Era una llave ricamente labrada.

Una llave con tres tortugas.

Capítulo 29
El FUEGO

–¿Qué… estás… haciendo? –preguntó el señor Bloom, aún aturdido por el sueño, mientras miraba fijamente el techo del pasillo que corría sobre su cabeza.

Anna, detrás de él, empujaba la camilla fuera de la habitación del archivo para llevarlo al piso de abajo, junto a los demás. Le sonrió mientras le pasaba un paño mojado por la frente.

–Me has dicho que haga lo que crea que debo hacer, papá. Y yo he pensado que debo quedarme con vosotros y cuidar de que estéis todos bien.

Había llamado a la madre de Rick, que había subido corriendo con algunas personas más para ayudar a la chica a trasladar a los tres «dormilones» a la sala común. Anna no había hecho mención del narcótico con el que probablemente Bowen los había sedado. No quería correr el riesgo de encontrarse con el doctor Bowen a solas en la habitación del archivo.

Black Vulcano gemía y resoplaba, agitándose en la camilla, y Nestor había abierto los ojos en un par de ocasiones.

En medio de todo aquel revuelo, Anna no había dejado de pensar en Jason. Había perdido completamente su rastro: se había ido, solo, en pos de la aventura y el misterio, como si la aventura y el misterio fueran más importantes que cualquier otra cosa. Más importantes que ella, que su padre, que las personas a las que conocía y que ahora estaban allí, heridas y necesitadas de ayuda.

Anna también pensó que desde que la riada había arrasado el pueblo en ningún momento, nunca, ni siquiera por un instante, Jason se había preocupado por sus padres. Por cómo estaban. Ni siquiera se había preguntado si estarían heridos. O si lo necesitarían.

No, Jason Covenant decididamente no era aprensivo. Ni tampoco un sentimental.

Era un aventurero, un explorador, un temerario.

Pero, sobre todo y fundamentalmente, era un idiota.

Si se hubiera quedado con ella, habrían tenido tiempo de hacerlo todo. Habrían cuidado de su padre y de Nestor. Después habrían ido juntos a Villa Argo. O a dondequiera que tuvieran que ir. Habrían proseguido la búsqueda del secreto de las Puertas del Tiempo y habrían salvado el Pueblo que Muere.

Se habían besado. Y se habrían besado de nuevo.

Si Jason no la hubiera traicionado.

Y no lo hubiera estropeado todo.

«Descubre tú solito el secreto de las puertas, Jason, si es eso lo que de verdad quieres –le habría dicho Anna si lo hubiera tenido delante en ese momento–. Yo me vuelvo a Venecia. Con mi gato Miolí. Y mis padres. Viaja solo. Ya verás qué aburrimiento.»

Sonrió a su pesar. Incluso alguien tan arisco como Ulysses Moore había dejado de viajar en el tiempo cuando perdió a su mujer y a sus amigos. ¿Qué sentido tiene contemplar lugares increíbles si después no se lo puedes contar a nadie? ¿Qué sentido tienen los lugares imaginarios si uno se los ha de imaginar solo?

Por todos estos motivos, Anna se había quedado cuidando a su padre, a Nestor y a Black Vulcano.

Para asegurarse de que estuvieran bien. Para que el doctor Bowen no pudiese volver y hacerles daño.

Y porque se había hartado de seguir a Jason Covenant en sus inútiles aventuras.

–Todo va bien, papá… –lo tranquilizó cuando el señor Bloom se puso a mirar la enorme sala con las demás camillas–. Dentro de poco te pondrás de nuevo en pie y llamaremos a mamá.

–¿Hay… heridos graves? –le preguntó su padre, que ahora parecía mucho más lúcido.

–Oh, no, por suerte no. Solo ha habido contusiones. Y un miembro roto.

La madre de Rick la llamó y Anna se dispuso a ir a ayudarla.

Su padre le apretó la mano.

–Estoy orgulloso… de lo que estás haciendo.

–Lo sé, papá. Lo sé. Yo también estoy orgullosa.

–Lo hemos pasado mal, ¿eh?

–Y que lo digas. –Anna sonrió.

Fue a ayudar a la señora Banner con los otros heridos y después volvió al lado de su padre.

Lo encontró aún despierto y con unas ganas enormes de hablar:

–¿Te he contado… el viaje en tren con Black?

–No. No me lo has contado.

–¡Pues ha sido… increíble! Hemos viajado por la noche en una locomotora negra. Íbamos como una flecha. Por raíles que parecían surgir de la nada. Creía estar soñando. ¡Era como haber terminado dentro de una… película infantil! De esas que ves de niño y que después olvidas pero que en realidad están siempre ahí, entre tus recuerdos, para toda la vida.

–¡No imaginaba que fueras un poeta! –Anna rió divertida.

–¿Solo porque trabajo en un banco? –replicó su padre aún sonriendo. Tras lo cual, se puso más serio y la miró a los ojos–. Sé que hemos estado distanciados, Anna, y que yo pensaba casi exclusivamente en el trabajo. Y luego eso de que yo esté en Londres y tu madre en Venecia... ¡es absurdo! Completamente absurdo. Por eso me alegro de haber subido a aquella locomotora y de haber venido hasta aquí a buscarte...

Anna notó que estaban a punto de saltársele las lágrimas y se esforzó por contenerlas.

De repente, a su lado, Nestor se puso a toser ruidosamente, se sentó en la camilla y gritó, sin dejar de dormir:

–¡NO! ¡NO OS VAYÁIS! ¡ESPERADME!

Las personas que se encontraban apiñadas allí se asustaron, se volvieron, sobresaltadas, y se lo quedaron mirando.

–¿Y adónde quieres que vayamos con estas pintas? –le respondió Biggles, tumbada dos filas más allá.

Anna se acercó al viejo jardinero. Nestor tenía los ojos abiertos de par en par, pero con la mirada perdida, aún atrapados en el sueño. Lentamente, con paciencia, la chica lo convenció de que se tumbara. Examinó el paño que le había colocado en la frente y le dio la vuelta.

Después, fuera de la clínica, resonó otro grito de alarma. Algunas personas corrieron a ver.

Anna volvió con su padre, sin dejar de mirar hacia fuera. En la puerta de la clínica se estaba congregando un grupito de curiosos. Por el rabillo del ojo vio que la madre de Rick también había ido a ver qué pasaba.

–Perdona un momento –le dijo a su padre.

Atravesó rápidamente la habitación, deslizándose entre las camas hasta llegar a la puerta principal, que daba a la plaza del pueblo. Una vez fuera, se abrió paso entre aquellas personas, que hablaban atropelladamente y señalaban hacia la cima del acantilado.

Desde lo alto del acantilado se alzaba una espesa columna de humo, una serpiente negra que subía hasta las nubes grises y compactas del cielo.

Villa Argo estaba ardiendo.

ULYSSES MOORE
La **habitación** *del* **archivo**
Clínica veterinaria

Capítulo 30

El **PUENTE**

En los túneles subterráneos de Salton Cliff, Rick se volvió un momento para mirar a los otros, que caminaban detrás de él. El chico pelirrojo tenía el paraguas de los Incendiarios bien levantado por encima de la cabeza, y la llamarada celeste que brotaba de la punta iluminaba con pinceladas azules el rostro de Julia, a sus espaldas.

Tras ellos, les seguían la sombría expresión de Voynich, las caras aterrorizadas de los dos hermanos Tijeras y el semblante desencajado de Tommaso, que cerraba la fila.

Habían elegido comenzar por el puente de los animales para después bajar hasta la Metis. Pero justo a mitad de la bajada, de repente, a los oídos de Rick había llegado un ruido… inexplicable, el ruido que hacía la Puerta del Tiempo de Villa Argo al abrirse.

Pero no podía ser. La puerta permanecía cerrada hasta que los que la habían traspasado regresaban.

Pensó que se había equivocado. «No se puede abrir una Puerta del Tiempo una segunda vez.»

Imposible.

El viento silbó entre sus pies.

Rick avanzaba por los pasadizos subterráneos con paso aún más sigiloso cuando llegó hasta él otro ruido, diferente del anterior pero igualmente inexplicable: pasos que resonaban en la oscuridad.

Y no eran sus pies o los de sus compañeros los que lo producían.

Venían de más arriba.

Alguien los estaba siguiendo.

Se volvió una segunda vez para mirar a Julia y vio reflejada en su bonito rostro la misma sensación que estaba sintiendo él: un intenso desasosiego.

También los otros componentes de la expedición habían oído aquel ruido de pasos, pero ninguno de ellos pronunció palabra, como si el silencio fuera en realidad su única arma de defensa.

Rick levantó el paraguas y siguió bajando. Finalmente, después de una última curva, llegaron al enorme puente suspendido sobre un profundo abismo.

–Aquí esta la línea de división… –le explicó a Malarius Voynich, al tiempo que dirigía una mirada inquieta al pasadizo por el que habían llegado.

Voynich pasó delante de él y subió al puente.

A la luz de la llama, las figuras de los animales de las llaves del tiempo tenían un aspecto insólitamente amenazador.

–Una obra de ingeniería extraordinaria… –comentó el jefe de los Incendiarios contemplando los acabados de las esculturas.

–Fue construido por un antepasado de los Moore –explicó Julia a modo de resumen–. Para unir los dos extremos del barranco.

–¡El barranco que circunda todo Kilmore Cove! –comentó Tommaso, extasiado.

Voynich asintió, como si la explicación le bastase.

–¿Y qué es lo que se supone que hay en el fondo del barranco?

–Un laberinto de oro –respondieron a coro los dos hermanos Tijeras.

–Muy bien –susurró el jefe de los Incendiarios–. He visto una gruta profunda en lugar de un sótano, un puente peligroso sobre un espantoso precipicio, once bellas estatuas. Pero ¿dónde está… lo sensacional? ¿Lo mágico? ¿Lo imposible?

Dio algunos pasos más hacia el puente.

–¡Justo delante de sus ojos! –replicaron a coro los hermanos Tijeras.

Y le indicaron a Voynich el globo aerostático de Peter Dedalus con el que habían ascendido desde las profundidades del Laberinto. Flotaba en el aire, más o menos a mitad del puente, atado con una larga cuerda al pedestal de una de las estatuas.

Sin embargo, en cuanto llegaron a la altura de aquel objeto, una voz cavernosa retumbó de repente en la oscuridad de la gruta:

–¡QUIETOS!

Y la figura imponente del doctor Bowen surgió del pasadizo.

–No es posible… –murmuró Rick en cuanto lo reconoció.

Pero el doctor estaba allí, a pocos pasos de ellos, con la mirada agitada de un loco y empuñando la pistola con aire amenazador.

–¡QUIETOS TODOS DONDE ESTÁIS! –gritó una segunda vez, echando a andar por el puente–. ¡EL PRIMERO QUE SE MUEVA ES HOMBRE MUERTO!

No se movió nadie.

Y el doctor llegó hasta donde estaban.

–¡Me ha defraudado usted, Voynich! –le espetó a bocajarro en cuanto estuvo delante de él. Se había detenido justo debajo del globo aerostático de Dedalus, sin haberse dignado siquiera echarle una ojeada. Como si no existiera nadie más que él, los rostros asustados que lo miraban fijamente y su incomprensible odio.

–Doctor Bowen –se limitó a comentar Voynich, con las manos nuevamente entrelazadas detrás de la espalda, en su postura preferida.

–¡Pensaba que estábamos en el mismo bando! –gritó el doctor, desgañitándose y lanzando pequeñas gotas de saliva por todas partes–. ¡Pensaba que los Incendiarios tenían como objetivo acabar con este tipo de fantasías!

–¿Cree usted que esto es una fantasía, doctor Bowen? –preguntó Voynich, tranquilísimo.

–¡Mire a estos chicos! –replicó el doctor, apuntando con el cañón de la pistola primero a Rick, después a Julia y, por último, a Tommaso–. ¿Los ve bien? ¿Sabe cuántos años tienen?

–Francamente no me interesa, doctor Bowen. Será mejor que vaya al grano: me estaba hablando de fantasías.

–¿No le convence el término? En tal caso usaré uno suyo, si lo prefiere: toda esta *absurdidad*… –Mientras pronunciaba aquella palabra, el doctor describió un amplio círculo con las manos–. Todo empezó cuando… yo… cuando *nosotros*… teníamos más o menos la edad de estos chicos. «El Gran Verano.» ¡Fue Ulysses quien le dio ese nombre, claro! Llegó aquí cuando el colegio estaba a punto de terminar. ¡Se coló en nuestra foto de clase, la foto con la profesora Stella! ¡Como si fuera uno de nosotros! ¡Pero no lo era! Él venía de Londres. ¡Y fue todo culpa suya! ¡Solo suya!

–¿Es que la foto salió mal? –preguntó Voynich, sarcástico.

–¡NO! Fue culpa suya que aquel año empezaran a reunirse en el parque. ¡Para explorar las cuevas! ¡Todas las cuevas! ¡Todo el subsuelo de Kilmore Cove está lleno de cavidades como ésta! ¿Y sabe qué había dentro de las cuevas, señor Voynich?

–No, pero imagino que usted está a punto de decírmelo –respondió Voynich con su típico aplomo.

–¡Pues un buen… MONTÓN DE PROBLEMAS! Es por eso por lo que existen las llaves. ¡Para mantener las puertas *cerradas*! ¡Pero no, Ulysses y sus grandes «amigos» eran superiores! ¡No podían detenerse ante una puerta cerrada! ¡Ellos querían abrir todas las puertas… de par en par! ¡Y mire, mire adónde nos ha llevado todo esto! En su opinión, ¿de quién es la culpa? ¡Del gran ULYSSES MOORE! Todo ha sido culpa suya, desde el primer momento. ¡Desde los días del Gran Verano!

–¡NO ES VERDAD! –exclamó Julia indignada–. ¡Dice eso solo porque… no formaba parte del grupo!

El doctor Bowen se ruborizó.

–¡Es verdad! ¡Yo no era del grupo! ¡Y no era del grupo porque el egregio Ulysses Moore no me consideraba a la altura de sus «gloriosas» exploraciones! ¿Y queréis saber una cosa? Nunca podré agradecerle lo bastante el «favor» que me hizo, porque así puedo decir que tengo la conciencia LIMPIA. ¡No como él!

–¡No es verdad! –dijo a su vez Tommaso, que se acordaba de lo que había leído en los libros–. ¡Eran sus padres quienes nunca le dejaban salir de casa! ¡Y usted se moría de envidia porque deseaba ir con ellos pero no podía!

–Siento desilusionarte, jovencito… –gruñó en aquel punto el doctor Bowen levantando la llave que tenía colgada al cuello–. Porque, *muy a mi pesar*, he tenido que ver con ellos mucho más de lo que tú puedas imaginar.

–¿*Usted* tiene la… Primera Llave? –gritó Rick, incrédulo.

–¡No es posible! –exclamó Tommaso, sacudiendo la cabeza–. ¡En los libros está escrito que la tiene Fred!

–¿Fred? ¿Ese inepto? –Bowen estuvo a punto de estallar en carcajadas.

–Esa llave es de mi padre… –murmuró Rick, apretando los dientes.

–La encontró en el fondo del mar, Rick… –replicó el doctor–. La puso en la barca. Y tu madre la llevó el día de su funeral. Yo fui el primero en darme cuenta. Y la cogí.

–Es usted un cobarde… –murmuró Julia con desprecio.

–¿Cobarde? ¿Yo? ¿Y los otros habitantes del pueblo, entonces? ¿De verdad creéis que nadie se ha dado cuenta nunca de nada? ¿En todos estos años? Las luces encendidas en Villa Argo, el ir y venir continuo de extraños personajes… Todos sabían que en Villa Argo sucedían cosas extrañas. ¡Pero nadie decía nada, por miedo!

–¡Pero qué miedo! –le espetó Rick–. ¿Miedo de qué?

–Miedo de que las puertas se abrieran de nuevo… –susurró Bowen–. ¡Como ha pasado hoy!

En ese momento Voynich compuso un gesto impaciente.

–Perdonad si interrumpo este entusiástico intercambio de opiniones, pero… doctor, tengo que decirle que estoy un tanto confuso. Vamos a ver, si no he entendido mal, usted nos está diciendo que este asunto de las puertas le tiene preocupado.

Bowen asintió enérgicamente.

–En ese caso, hay algo que no me queda claro… –prosiguió Voynich–. Nos acaba de enseñar una llave especial que lleva colgada del cuello. Dígame, ¿ha tenido ocasión de usarla?

–¡Claro que sí! –exclamó Rick–. ¡En su farmacia guarda unas pociones que seguro que ha conseguido en el Jardín del Preste Juan!

El doctor le apuntó con la pistola.

–¡Cállate, chico!

–Responda a mi pregunta, doctor –le instó Voynich–. ¿Ha cruzado usted las puertas y se ha ido… lejos de aquí?

–¡Debían mantenerlas cerradas! –respondió tercamente el doctor Bowen–. Pero ellos continuaban y continuaban. ¡No conseguía que lo dejaran! Fue necesaria la muerte de… Penelope para que por fin las puertas permanecieran cerradas de una vez por todas.

La oscuridad pareció palpitar bajo el puente.

La llama del paraguas se estaba consumiendo lentamente…

–¡Mató *usted*… a Penelope! –dijo Julia con un hilo de voz helada.

Había sido el doctor quien había encontrado los restos de sangre en el acantilado. Había sido él quien le había dicho a Ulysses Moore que su mujer estaba muerta.

El doctor Bowen.

–¡Yo no he matado a nadie! –gritó él, indignado. Pero su rostro no dejaba entrever si decía realmente la verdad.

–¿Para quién trabaja, doctor Bowen? –le preguntó a bocajarro Malarius Voynich–. Su odio por la familia Moore y por el asunto de las puertas me parece demasiado profundo para tener como única causa una infancia difícil.

–¡No trabajo para nadie!

–O a lo mejor es solo que alguien le ha pedido que reúna todas las llaves y se las entregue. ¿Le pagan bien por lo que está haciendo?

–¡Le repito que no trabajo para nadie! ¡Yo solo quiero *destruir* las puertas y todo lo que tenga que ver con ellas de una vez por todas!

–Pongamos que logra destruir las puertas… ¿Y después? ¿Qué va a hacer después, doctor Bowen? –preguntó Voynich con curiosidad.

El doctor Bowen lo miró, turbado.

–Después… nada. Despierto a mi mujer y… nos marchamos para siempre de este maldito lugar.

–En otras palabras, no tiene una idea concreta de lo que hará *después* de haber quemado esta casa

–Pues, no. La verdad es que no.

–Y no trabaja para nadie.

De nuevo el doctor Bowen negó con la cabeza.

–No entiendo adónde quiere ir a parar.

–¿Puedo hacerle una última pregunta, doctor Bowen? –insistió Voynich, con renovada curiosidad–. Con la llave que lleva al cuello y todas esas puertas a su disposición, ¿no se le ha ocurrido nunca divertirse averiguando… lo que había en la otra parte? –Voynich no esperó una respuesta y prosiguió–: Yo creo que no. ¿Y sabe por qué? ¿Usted escribe, por casualidad? Aparte de las recetas, quiero decir. ¿Pinta? ¿Toca algún instrumento? ¿Tiene amigos? ¿Animales domésticos? ¿Una mujer a la que ama? No, nada de eso, ¿verdad? Lo imaginaba. Y entonces, ¿quiere explicarme para qué quiere una llave que abre todas las Puertas del Tiempo si el tiempo no le interesa?

–¡Venga, Voynich! ¡Ahórrese las monsergas! –gruñó exasperado el doctor Bowen–. ¡Yo soy exactamente igual que usted!

–No, exactamente no… –murmuró el jefe de los Incendiarios. Después, con gesto veloz, agarró el fusil que colgaba del hombro de Julia y lo apuntó hacia lo alto.

¡POF!

El arpón puntiagudo se clavó en el globo aerostático de Peter Dedalus y provocó un desgarrón por el que el aire empezó a salir repentinamente a escape. En un momento, el globo se arrugó por encima de la cabeza del doctor, que a su vez levantó la mirada para ver lo que estaba pasando.

Y al hacerlo, bajó la pistola.

–¡A por él! –gritaron los hermanos Tijeras.

Rick lanzó lejos el paraguas lanzallamas, que rebotó en el puente y se apagó.

Todo se quedó a oscuras.

Se oyó ruido de lucha y gritos ahogados.

Y entonces, de repente, en el puente resonó un disparo con precisión metálica y todos se quedaron inmóviles al instante.

Un momento después Voynich lanzó una llamarada con su paraguas.

El doctor Bowen se tambaleó hacia atrás.

En su rostro se había dibujado una expresión estupefacta, como la de un niño que no cree en la historia que le acaban de contar.

–Vosotros… vosotros… –balbuceó, tropezando con sus propios pies.

Cogió una cuerda que se balanceaba a su lado. Se agarró. La cuerda se enroscó en torno a sus tobillos como una serpiente viva.

Un instante después, la sombra del globo aerostático pasó, delizándose, tras él. El globo desinflado se precipitó en el abismo, arrastrado por el peso de la cesta.

Malarius Voynich apagó la llama.

Lo último que vieron los chicos fue la expresión sorprendida del doctor Bowen. Y al momento, en la oscuridad, resonó el ruido sordo de algo que chocaba con fuerza contra el parapeto del puente, para acabar precipitándose en el vacío.

El jefe de los Incendiarios volvió a encender la llama del paraguas.

–Muy bien –comentó, tranquilo–. ¿Ahora ya podemos ir a ver la Metis?

Capítulo 31

El **ESPEJO** *de* **PLATA**

El sabio que había acompañado a Jason a Agarthi hizo que le sirvieran, en un mesón de la plaza de la ciudad, un plato de sopa caliente, más bien picante.

Y le confió su nombre.

–Me llamo Mallory.

Después, cuando el chico entró en calor, los dos echaron a andar por las calles de la Ciudad de los Sabios, que se mantenían siempre a una temperatura suave gracias a un sistema ingenioso: agua caliente que corría bajo el manto de piedra.

Recorrieron una calle con arcadas, sobrias y majestuosas al mismo tiempo. Agarthi era tranquila, armoniosa, y estaba poblada por una multitud de personas sosegadas y silenciosas. Ninguna algarabía, ningún griterío en los mercados, ni un solo ruido molesto. La ciudad se hallaba sumergida en una atmósfera algodonada, como bajo una perenne capa de nieve.

Vio pasar por las calles a estudiosos con enormes libros bajo el brazo, carros con las ruedas forradas para que no hicieran ruido tirados por yaks con grandes anillas doradas en la nariz, hombres con barbas de diferentes longitudes y mujeres envueltas en largas bufandas blancas con flecos.

Iban vestidos con trajes y pieles de colores diferentes, y llevaban perfume de sándalo, mimosa y cardamomo. Jason intuyó que los colores y los perfumes debían de tener un significado preciso, pero no hizo preguntas. En cuando cruzó la línea de plata, se sintió más bien huraño y optó por un silencio que no solía ser habitual en él.

A cada paso que daba, repetía su propio nombre y el objeto de su visita, asustado ante la posibilidad de olvidarlo.

Subieron por una espiral de calles circulares y se adentraron cada vez más en la ciudad. Al darse la vuelta para mirar hacia atrás, a la vista de Jason se ofreció un paisaje que cortaba la respiración: arriba, las cumbres de las montañas más altas del mundo, y abajo, la espalda del glaciar más antiguo, azotado por el viento. En el silencio de la ciudad, el crujir del hielo que se resquebrajaba evocaba algo dulce y musical.

–Casi hemos llegado, Jason Covenant –anunció el sabio en un momento dado, abriéndole camino hasta un edificio circular parecido al Pan de Azúcar de Brasil–. Ese es el Oraculario.

Jason asintió, evitando preguntarle qué descubriría una vez dentro.

«Yo soy Jason Covenant, hermano de Julia Covenant y amigo de Rick Banner, de Kilmore Cove, y he venido aquí para intentar resolver los misterios de Ulysses Moore y de los amigos del Gran Verano», se repitió con terquedad, mientras entraba en el cálido interior del Oraculario.

Como Mallory le había anticipado, a la entrada le hicieron vaciar la mochila, le quitaron la capa y se la cambiaron por una túnica color naranja.

Recogió las pocas cosas que se había llevado consigo y se las metió en los bolsillos. Después atravesó, descalzo, el amplio vestíbulo de entrada del Oraculario.

También su acompañante se había cambiado de ropa y sin la capucha exhibía un rostro de rasgos claramente occidentales, con el pelo corto, los ojos pequeños y una barba blanca y larga.

–Ven conmigo... –le dijo.

Bordearon una gran piscina cubierta y humeante, que daba a la superficie del glaciar, y desembocaron en un pasillo curvo, con paredes que parecían de madreperla. Era como si estuvieran caminando por el interior de una enorme caracola. Un vapor caliente, húmedo e irritante, le picaba la nariz, produciéndole una ligera sensación de aturdimiento.

–Esta es tu habitación –anunció de repente Mallory, parándose delante de una puerta igual a otras mil que daban al mismo pasillo.

–¿No vienes conmigo? –preguntó Jason.

–Las preguntas son tuyas –se limitó a responder el sabio.

–¿Y quién me dará las respuestas?

Entonces Mallory inclinó ligeramente la cabeza y le señaló la habitación blanca.

–Este lugar sirve para satisfacer las preguntas. Una vez obtenidas las respuestas, tanto si te quedas en la ciudad y las recuerdas como si te marchas y las olvidas para siempre, en cualquier caso, tu ánimo habrá quedado satisfecho.

Jason bajó lentamente la cabeza. El corazón empezó a latirle con más fuerza.

«Yo soy Jason Covenant, hermano de Julia Covenant y amigo de Rick Banner, de Kilmore Cove, y he venido aquí para intentar resolver los misterios de Ulysses Moore y de los amigos del Gran Verano.»

–Una última cosa, Jason Covenant –le dijo el sabio, entregándole unas ramitas aromáticas guardadas dentro de un saquito–. Estas son tus flores.

El chico las cogió. Crujían suavemente entre sus dedos.

–¿Para qué me servirán? –le preguntó a Mallory.

–Para nada, joven viajero. Las flores y los recuerdos se conservan del mismo modo… –El sabio sonrió–. Como los perfumes perdidos y los colores desvaídos.

Dentro de la habitación de madreperla no había nada.

Era completamente blanca; con el suelo caliente recubierto por una pátina húmeda, parecía que la piedra estuviese sudando. El aire era punzante y se subía un poco a la cabeza, como el que se respiraba fuera, en la ciudad. El mobiliario se reducía a lo esencial: un sencillo taburete en medio de la habitación y, en lugar de una ventana, un rectángulo plateado.

Al acercarse al rectángulo, Jason vio reflejada su propia imagen: era un espejo.

Levantó la mirada hacia el techo y descubrió que estaba lleno de agujeros y huecos de diferentes formas y dimensiones. Brillantes, metálicos. «¿Qué tengo que hacer?», se preguntó.

Quizá había ido a parar a uno de aquellos monasterios sobre los que había leído a veces, donde se permanecía durante largos años, se aprendía a meditar y, lentamente, se alcanzaba la sabiduría.

Pero Jason no quería meditar.

Y no disponía de muchos años.

«Yo soy Jason Covenant, hermano de Julia Covenant y amigo de Rick Banner, de Kilmore Cove, y he venido aquí para...» Sí, todavía se acordaba.

Se sentó en el taburete, con los pies bien plantados en el suelo. El espejo de plata le devolvía su imagen reflejada.

–¿Tengo que hacértelas a ti, las preguntas? –le dijo a su doble en un susurro.

Una vez, mientras esperaba a que le cortaran el pelo, había leído en una revista que un gurú sostenía que cada uno de nosotros conoce ya todas las respuestas que necesita. Entonces pensó que era una tontería. Y seguía estando convencido de ello.

Le pareció entrever una luz en la imagen de sus ojos reflejada en el espejo. Como si en verdad las respuestas que tanto había buscado ya estuvieran allí.

Observó los agujeros en el techo. Le recordaban a otras tantas orejas abiertas de par en par.

Contuvo el impulso de levantarse y salir corriendo, abandonando todo a sus espaldas.

Había llegado hasta allí. Valía la pena intentarlo.

–Me llamo Jason Covenant –dijo al chico sentado en el espejo–. Y he venido hasta aquí en busca de respuestas. Mi primera pregunta es esta: ¿quiénes son los constructores de puertas?

Durante un buen rato, Jason le sostuvo la mirada a su propia imagen reflejada en el rectángulo de plata. Sus mismos ojos, el pelo despeinado y húmedo por el vapor. Transcurrió un tiempo impreciso durante el cual no ocurrió nada significativo, excepto que el suelo se calentó más y el vapor aumentó, como si la habitación se hubiera transformado en un baño turco.

Jason cerró los ojos y al momento los volvió a abrir.

–Me llamo… –comenzó a repetir, pero se interrumpió enseguida.

Lentamente, desde el techo, empezaron a rezumar las primeras palabras. Como gotas de lluvia. Al principio leves, después cada vez más intensas, le caían encima, palabras claras y palabras oscuras, palabras frías y palabras calientes.

Tenían sonidos y formas diferentes, pero Jason conseguía escucharlas y verlas, como si las letras fueran adquiriendo forma en torno a él.

Las palabras llovían, resbalaban por su espalda, se arremolinaban. Se enlazaban y se unían. Formaban frases.

Jason cerró los ojos y le pareció que podía moverse entre las palabras que bailaban a su alrededor. Podía elegirlas y ordenarlas.

Y construir así su respuesta.

–Los constructores de puertas son un pueblo antiguo… –pronunciaron los labios de Jason– que se ha ido extinguiendo poco a poco… hasta desaparecer del todo.

¡Oh, sí! ¡Era fácil! Las respuestas estaban justo ahí, a su alcance. Pero ¿quién las pronunciaba? ¿Y cuándo? ¿Y por qué?

Jason imaginó centenares de habitaciones como aquella, donde otras personas escuchaban preguntas como la suya. Y respondían o habían respondido, a través de los oídos y las bocas del Oraculario. Una red de preguntas y de respuestas.

Así pues, todo era verdad. Mallory había sido sincero.

Y también el doctor Bowen, sin saberlo.

Pero si todo era verdad, una vez saliera de allí, lo olvidaría. De las preguntas y de las respuestas. Ya no tendría necesidad de ellas.

Pensó en Nestor, que ya no se hacía más preguntas. Y en Leonard, que en cambio ardía en deseos de conocer la verdad. ¿La sabiduría consiste en conservar los conocimientos y no compartirlos con los demás? ¿En custodiar la verdad? ¿O divulgarla? Jason no estaba seguro de poder solucionar por sí mismo también *aquel* dilema.

En cuanto a los otros, sabía qué hacer. Hasta el último momento, temió que se lo impidiesen, y que su plan acabase resultando una absurda idea, típica de un crío. Pero no había sido así.

Los sabios quizá no eran tan sabios como creían. O a lo mejor, simplemente, Jason había sido más listo que ellos.

Jason Covenant, hermano de Julia Covenant y amigo de Rick Banner, de Kilmore Cove, apoyó en sus rodillas la libreta de Morice Moreau y la abrió. A continuación, posó sus dedos sobre los tres marcos dibujados en el interior. Deseó que alguien estuviera asomado en aquel momento, o que llegara a tiempo de escucharlo.

–A leer, chicos –murmuró–. Después me lo contáis todo.

En un lugar imaginario que algunos viajeros llamaban Arcadia, un lugar sin enfermedades escondido entre las montañas de los Pirineos, la última habitante abrió la libreta de Morice Moreau.

Estaba muy cansada. Y se sentía sola.

Vio una nueva figura dibujada dentro de uno de los marcos parlantes. Era un sabio con cara de crío.

Apoyó una mano en el papel y escuchó.

–Los constructores de puertas –estaba diciendo el sabio joven– son un pueblo ya desaparecido, que vivió al inicio de los tiempos, cuando el tiempo mismo era una materia filosófica y no un mecanismo del reloj. Eran un pueblo que provenía del mar. Pero los constructores eran por encima de todo narradores de historias. Entonces existían muchos otros pueblos imaginarios, que compartían el mundo con los pueblos reales. Algunos de ellos se llamaban «divinidades». Otros, «seres mágicos». Algunos sobrevivieron, otros no. Aquellos que sobrevivieron fueron recordados, sin más. Quien no lo consiguió vio cómo su nombre quedaba oculto en el pasadizo más oscuro y remoto del laberinto de la memoria. El laberinto que se encuentra dentro de cada uno de nosotros. Los constructores de puertas conocían bien este laberinto y se sirvieron de él para fabricar y conectar sus puertas: solo se puede viajar de un lugar a otro de aquello que recordamos. O de lo que otros recuerdan por nosotros. Solo se puede viajar de un lugar a otro de nuestra imaginación. O de aquello que otros imaginan por nosotros.

Siguió un largo silencio, durante el cual Última no osó respirar. Escuchaba en silencio, como cuando se asiste a una ceremonia religiosa.

–¿Aún quedan constructores de puertas? –preguntó el joven sabio que hablaba a través de las páginas del libro.

Y él mismo se respondió:

–No. Los últimos se fueron hace muchos años.

»¿Y ya no existe ninguno que conozca sus secretos?

»Los constructores no han dejado herederos, ni instrumentos, ni escritos. Solo información fragmentaria. Historias que en realidad son sus verdaderos instrumentos de construcción. Estas historias dicen que sus puertas están compuestas por tres elementos. El primero es la madera de un árbol que tiene sus raíces en el viento, y de viento se nutre. El segundo es un metal rarísimo, llamado uniunio, del que está hecha nuestra memoria. Puede encontrarse en forma de cristales en los márgenes del Laberinto de Sombras, o en el cerebro de las personas, en una cantidad de un miligramo por individuo. El tercer elemento es el que atraviesa la primera puerta y sale por la segunda. Es la guía, que, antes de entrar, ya sabe exactamente por dónde tiene que salir: de ese modo pone dos lugares en contacto.

»Me habéis dicho dónde se encuentra el metal para forjar las llaves. ¿Y la madera? –preguntó el chico.

Y se respondió:

–La madera es aún más rara que el metal. Solo existen tres árboles del viento. Dos de ellos se consideran inaccesibles a los mortales y están protegidos por guardianes tan formidables que son capaces de desanimar incluso a los inmortales. El tercero crece en un jardín privado, en una casa conocida con el nombre de Villa Argo. Y todos lo llaman «el sicomoro».

Sentados junto a la Metis, entre un torbellino de luciérnagas, los hermanos Tijeras, Julia, Rick y Tommaso escuchaban las palabras de Marius Voynich.

Cuando las luciérnagas comenzaron a revolotear por la gruta, el hombre se quedó sentado en el muelle y ya no se movió de allí. Mientras se armaba de valor para subir al puente del barco y poner rumbo a uno de los puertos de los sueños, se le había caído del bolsillo de la chaqueta la libreta de Morice Moreau, y había quedado abierta por una página que mostraba a un sabio con cara de muchacho. Casi sin pensar, el jefe de los Incendiarios había posado encima la mano y se había puesto a escuchar.

–¿Por qué las puertas del tiempo están en Kilmore Cove? –preguntó el joven sabio.

»Porque cuando los pueblos imaginarios decretaron cerrar para siempre las Puertas del Tiempo, no todos los constructores aceptaron el veredicto. Algunos se embarcaron en temibles barcos negros y surcaron el mar para ponerlas a salvo. Otros las enterraron en las profundidades de los abismos. Ocho de estas puertas fueron puestas a salvo en Kilmore Cove. Allí, ocultas a todas las miradas, permanecieron a salvo muchos años, hasta que los hombres se olvidaron de su existencia. Pero como la curiosidad es a la vez la primera virtud y el primer pecado de los hombres, algunos de ellos volvieron a encontrar las puertas y las volvieron a abrir. Después las volvieron a cerrar. Y las volvieron a abrir.

»¿Por qué cerrarlas? ¿Son realmente tan peligrosas?

»Las puertas solo son un pasaje. Quien se sirve de ellas y las traspasa es el que las puede transformar en un peligro. Las puertas acortaban las distancias y facilitan el contacto entre las personas. Y muchos de aquellos que no las quisieron, con el tiempo se arrepintieron de haberlas destruido. Porque, poco a poco, el recuerdo del camino para alcanzar esos lugares remotos se fue perdiendo, y sus habitantes, que se sentían marginados del mundo, abandonaron sus casas y de este modo las condenaron a morir.

»¿Kilmore Cove es un lugar imaginario? –preguntó entonces el sabio con cara de chico.

Y se respondió a sí mismo:

–No lo es todavía, a pesar de que algunos han intentado convertirlo en tal. Es un lugar real que podría convertirse en imaginario si los viajeros que van en su busca no logran alcanzar ese destino. Y entonces, como ya ha sucedido otras veces, lo que es real se convierte en imaginado y lo que es imaginado se acaba olvidando. Y por último, lo que se olvida se pierde para siempre. Y, con ello, sus puertas.

»Así pues –preguntó el joven sabio–, ¿este es el motivo es por el cual sería bueno que el mayor número de personas posible conociera el secreto de Kilmore Cove?

Y la respuesta fue:

–Si se quiere que el trabajo de los constructores de puertas no se pierda para siempre, no hay otro modo.

Cuando Anna volvió corriendo a la clínica del pueblo para decirle a su padre que Villa Argo estaba ardiendo, lo encontró sentado en la camilla con la libreta de Morice Moreau en las manos.

–Puedo oírle. Está hablando –murmuró el hombre, sonriendo.

–¿Y qué dice? –le preguntó Anna, sentándose a su lado.

–Quisiera saber si alguno de los amigos del Gran Verano ha llegado alguna vez hasta aquí... –seguía preguntando Jason.

»Solo uno de ellos. Llegó y preguntó. Y cuando se fue se olvidó de sus preguntas.

»¿Era Penelope Moore? –se informó el chico.

La respuesta fue clara:

–No.

»Ya me quedan pocas preguntas –dijo Jason a través de las páginas del libro–. ¿Penelope Moore aún sigue viva?

Y se respondió él mismo, con igual simplicidad:

–Sí.

»Y entonces, ¿por qué no ha vuelto a casa?

»Porque no recuerda el camino.

»¿Cuál es, por último, el gran secreto de Kilmore Cove? –preguntó Jason con lúcida determinación.

»El secreto de los constructores es muy sencillo: recordar. Pero recordar es una batalla perdida: el tiempo no lo preserva todo. Elige qué llevarse consigo y qué abandonar a sus espaldas. Qué dejar vivo y qué matar. Todos nosotros tenemos que saber hacer lo mismo. Pero ¿cómo elegir lo que ha de ser recordado? No existe una regla. Los poetas dicen que se recuerda la belleza, el amor, los sentimientos o el dolor. Los pintores recuerdan los colores y la noche. Los músicos recuerdan los sonidos, incluso el sonido más poderoso de todos, el de nuestro corazón. Y quizá sea este el último secreto: acordarse del propio corazón y de aquello que lo hace latir con más fuerza.

Después de escuchar las últimas palabras, el señor Bloom cerró la libreta y abrazó a su hija.

Capítulo 32

El TRADUCTOR

Los interrumpió el teléfono.

El traductor de los diarios de Ulysses Moore se levantó y fue a cogerlo rápidamente.

–Muy bien –dijo–. Me alegro. –Colgó y volvió al salón–. Tengo buenas noticias para usted… –le explicó a la señora Bloom, que estaba sentada en el sofá, en compañía de Fred Duermevela.

Le pidió con un gesto que le escuchara antes de replicar, y la mujer, a su pesar, le obedeció.

–Al parecer las cosas se han resuelto. No todas, claro, pero las principales, sí. En concreto, hemos descubierto quién poseía la Primera Llave, que era lo que nos habíamos propuesto hacer. –El traductor sacudió la cabeza, incrédulo–. De verdad sorprendente. Yo no me lo habría podido imaginar nunca leyendo los diarios. –Se quedó mirando largo rato a la mujer, que a su vez mantenía una expresión dubitativa, y después a Fred, que sujetaba un vaso helado–. No me lo puedo creer. ¡La tenía el doctor Bowen!

–¡Me lo imaginaba! –exclamó Fred Duermevela–. Siempre me ha parecido un poco extraño: ¡para ser médico se le daba fatal poner inyecciones!

–No creo que sea ya un problema, Fred. –El traductor sonrió–. Volviendo a lo de antes, señora… Puesto que solo tenemos unos minutos, quisiera acabar de contarle todos los detalles. Cuando, hace algunos años, recibí el famoso baúl con los diarios de Ulysses Moore, descubrí que faltaba la parte más interesante: el final de la historia, donde era lógico esperar que se descubriera quién tenía la Primera Llave. Mis «cómplices», si los puedo llamar así, se quedaron muy desilusionados, pero no podían hacer nada. El problema era que, sin un final, los diarios no *funcionarían*: en el fondo, el final de una historia es lo que determina si toda la historia funciona o no. Buena parte del asunto giraba en torno a la Primera Llave, que sin embargo nadie sabía adónde había ido a parar. Y entonces se me ocurrió una idea: inventar un falso poseedor de la Primera Llave para hacer que el de verdad saliera al descubierto. Y así ha sido. Bowen debió de haber leído en los libros de Ulysses Moore la historia completa de su juventud y se quedó sorprendido con la fuga final de Fred a Venecia. A partir de ese momento, sus investigaciones se intensificaron y, al final, él mismo se delató.

–¿Me está diciendo usted… –intentó resumir la señora Bloom– que mi hija se ha visto envuelta en una especie de oscura… *trama*?

–Algo parecido, sí. –El traductor sonrió de nuevo–. ¡Pero una trama ideada con buenos fines! Por los amigos de un viejo jardinero gruñón, para que alguien conociera la historia de su vida, su pueblo y sus viajes. Para descubrir quién los había traicionado. Y para que todo, y digo todo, acabara de la mejor manera posible. Y ahora estoy seguro de que así será.

–¿Quiere usted decir… –la mujer suspiró– que esta historia no ha terminado todavía?

–Depende del punto de vista. Y desde su punto de vista, en mi opinión, ya no debería faltar mucho…

El traductor lanzó una ojeada a un reloj de pared. En aquel preciso instante el teléfono sonó por segunda vez.

–Perdone un momento.

Fue a cogerlo, saludó rápidamente y después volvió al salón con una sonrisa radiante.

–¡Parece que por fin han arreglado las líneas telefónicas en Cornualles! Es para usted, señora Bloom: son su hija y su marido.

Capítulo 33

El **FINAL**

El Flint pequeño no había hecho las cosas bien. Había conseguido prender fuego a la casa de Nestor, eso había que reconocérselo, pero cuando llegó la hora de quemar Villa Argo la tarea resultó ser mucho más complicada de lo previsto. Como no se atrevía a poner los pies en la casa, que vacía aún resultaba más espectral y amenazadora que de costumbre, se limitó a rociar el porche con la poca gasolina que quedaba en la lata. Y, por si fuera poco, una lluvia torrencial y ensordecedora empezó a caer de repente para frustrar sus torpes tentativas. Al final, desalentado y afligido por el sentimiento de culpa, el Flint pequeño decidió poner pies en polvorosa.

Así, gracias también a la lluvia, los daños fueron, en total, menores de los previstos: dejando aparte la casa de Nestor, la villa salió prácticamente indemne.

En cualquier caso, lo sucedido había provocado una fuerte conmoción en los Covenant. La señora Covenant en especial se había sentido aliviada al encontrar a su marido sano y salvo, ocupado en echar una mano en el pueblo tras la inundación, pero inmediatamente después, desde aquel mismo día, había empezado a echar mucho de menos su vieja vida en Londres y no dejaba de recordarlo en cuanto tenía ocasión.

Cuando el incendio aún no estaba completamente sofocado y seguía lanzando humo negro hacia el cielo, seis personas se habían precipitado fuera de la Puerta del Tiempo de Villa Argo, las seis cómicamente vestidas con falditas aztecas de rafia. Habían usado la Metis para visitar la ciudad perdida de El Dorado y, en los pocos minutos que habían transcurrido allá abajo, habían encontrado el modo de obtener ropa y sombreros absurdos.

Fueron precisamente Rick, Julia, Tommaso, los dos hermanos Tijeras y Marius Voynich los primeros en apagar el fuego de la casa. Pero en cuanto oyeron el ruido de los primeros coches que subían por la carretera de la costa, desaparecieron: no querían tener que dar demasiadas explicaciones (sobre todo los Incendiarios, por la parte que les concernía) y además tenían prisa.

A través de un pasaje escondido en las murallas del parque, llegaron hasta la carretera de la costa y se dirigieron, recorriendo un sendero tras otro, hacia el mausoleo de los Moore. Y desde allí al corazón de Turtle Park.

Caminando bajo la lluvia martilleante llegaron por fin a un claro en el bosque, donde se encontraron con otras tres personas: el señor Bloom, su hija Anna y Black Vulcano, que se había despertado poco antes y no se habría perdido aquel momento por nada del mundo. Había sido él quien les había dado a los otros las indicaciones necesarias para localizar aquel rincón del parque tan apartado.

Las presentaciones de los que todavía no se conocían fueron muy rápidas y, en cualquier caso, las miradas que intercambiaron los protagonistas de aquel encuentro fueron bastante más elocuentes que cualquier palabra.

Entonces los nuevos se sentaron en la hierba mojada y esperaron, cansados y muertos de frío, a que sucediese algo.

Transcurrido un tiempo indeterminado, las nubes se disiparon y el sol asomó de nuevo, dorando la línea baja del horizonte. Pero seguía sin suceder nada. Y los nuevos estaban empezando a perder la paciencia.

–¿Aún tardará mucho? –preguntó uno de ellos.

–Y, además, ¿cómo podemos estar seguros de que ha ido precisamente a Agarthi? –preguntó otro.

–¡Quién sabe! ¡Cuando terminó de contar todas aquellas cosas, parecía como si ya ni siquiera se acordase de su propio nombre! –respondió un tercero.

Pero por fin, cuando el dorado de las nubes ya se había transformado en un color azulado, la puerta escondida dentro de la boca abierta de par en par de la estatua se entreabrió. Del interior salió en primer lugar un remolino de nieve, y a continuación un chico envuelto en pieles, que miró a su alrededor un poco extrañado.

–¡Hola! –dijo Jason tras un momento de perplejidad–. ¿Qué hacéis todos aquí?

La primera en correr a su encuentro fue su hermana.

–¡Jason! ¿Cómo estás? ¿Cómo te encuentras?

–Bien, hermanita. ¿Y tú?

–¿Qué te han hecho?

–¿De qué hablas? –Jason parecía sorprendido–. No me he encontrado con nadie ahí abajo. He llegado a los pies de un glaciar, a una especie de cañón, y he intentado llamar para ver si había alguien, pero… nada. Creo que he hecho un viaje en balde: no he encontrado ninguna respuesta. Es más, a decir verdad, ni siquiera he encontrado Agarthi. Pero… ¿sabéis lo que os digo? Que no me importa.

Abrazó a su hermana y preguntó:

–Y ahora, ¿queréis decirme qué hacéis todos aquí? ¿Ha pasado algo?

En ese momento los demás también se acercaron para saludarlo.

Jason se alegró de ver que Black y el padre de Anna estaban bien, se interesó por Nestor y por sus padres, bromeó con Tommi, al que no conocía.

Los dos hermanos Tijeras, Voynich y el señor Bloom, en cambio, permanecieron algo apartados.

–¿Nos conocemos? –les preguntó el señor Bloom a los dos Incendiarios.

–En persona, no –respondió el gemelo de rizos–. Nosotros somos los que le seguíamos con el coche.

–¡Ah! Pues mucho gusto.

–El gusto es nuestro –respondió el rubio.

Mientras tanto, Rick le dio a Jason un largo y fuerte abrazo, susurrándole al oído:

–Tenemos que contarte un montón de cosas.

–¿Sí?

–Sí. Ya verás.

Black bostezó ruidosamente, después le dio una vigorosa palmada en el hombro.

–¡Buen trabajo, chico! Genial, diría yo. Nosotros no fuimos capaces de hacerlo nunca.

–¿Hacer qué, perdona?

Por toda respuesta, Black le guiñó el ojo y se alejó.

Fue el turno de Anna.

Al ver a la chica de Venecia delante de él, Jason abrió los ojos de par en par: su pelo negro ondeaba en la brisa de la tarde y la luz del crepúsculo había transformado sus ojos oscuros en dos pozos de ámbar.

–Hola –masculló, sonrojándose levemente.

–No lo vuelvas a hacer, Jason –le dijo ella, dirigiéndole una mirada de desaprobación.

Jason sonrió, nervioso.

–Tienes motivos para estar enfadada. Yo no...

Anna le puso el índice de la mano derecha en la punta de la nariz y apretó ligeramente.

–Tú no tienes excusas –concluyó por él, esbozando una sonrisa.

Detrás de los chicos, el señor Bloom rio, contento. Aunque no podía oír exactamente sus palabras, vio que su hija tomaba la mano de Jason y la apretaba hacia sí.

Junto a él, Voynich murmuró:

–El corazón no tiene dueño.

La estatua de la pescadora estaba rota. Alguien, quizá con las prisas por asegurarse de que la villa estuviera a salvo, la había tirado. La cabeza se había separado del resto del cuerpo.

Con infinita dulzura, Nestor la levantó para ponerla en su sitio.

El esfuerzo lo dejó sin aliento. Fuera de la casa aún había ajetreo, personas del pueblo que comentaban aquella larga jornada y aprovechaban para echar un vistazo a Villa Argo, que raramente habían tenido ocasión de ver tan de cerca.

La grúa de Manos de Terciopelo se llevó tanto el utilitario alemán del doctor Bowen como la Agusta 125 roja, aparcada un poco más adelante, en la carretera de la costa, mientras llovían las teorías sobre cómo habrían llegado hasta allí aquellos dos vehículos tan distintos.

¿Y qué había sido del doctor?

Nestor lo había sabido por Anna cuando se había despertado en la clínica, abajo, en el pueblo. Pero, francamente, no le interesaba lo más mínimo.

De todo aquel asunto y de todo cuanto se había perdido por culpa de la trampa de Bowen, solo había una cosa que de verdad le importaba.

Penelope aún seguía viva.

Estaba allí fuera, en alguna parte, pero no se acordaba del camino para volver a casa.

Esas habían sido las palabras de los sabios, que habían logrado pasar a través de los mundos gracias a la libreta de Morice Moreau. Las palabras de los sabios… o las de Jason, que lo había soñado todo. Imposible saberlo con seguridad.

No solo eso; según él, ambas cosas podían ser verdad: sueños y sabiduría a menudo van de la mano.

Cuando puso la estatua de la pescadora en su sitio, Nestor reparó en que había una pequeña hojita pegada debajo del pedestal. Eran cuatro líneas de una poesía, transcritas precisamente por Penelope.

Decían:

Ni el pasar del tiempo
que corroe la vida y el amor
ni el cambiar de acento
podrán nunca…

La poesía terminaba con puntos suspensivos.

–... secar mi corazón –recitó de memoria Nestor, recuperando de un rincón remoto de su mente el final de esos sencillos versos.

¿Dónde la habían compuesto? ¿Durante cuál de sus muchos viajes? No lo recordaba: había pasado tanto tiempo desde que su mujer y él componían juntos aquellos pequeños poemas... Pero ese pensamiento le trajo dolorosamente a la memoria la carta de Penelope y todo lo que habría de venir después.

Se preguntó por enésima vez dónde podría encontrarse su mujer en ese momento. Jason no se lo había preguntado a los sabios. O, si lo había hecho, la respuesta había permanecido atrapada en las páginas de la libreta de Morice Moreau.

Pero dondequiera que hubiera ido Penelope, lo único de lo que Nestor estaba seguro era de que no la dejaría seguir vagando perdida durante más tiempo. El engaño del acantilado ya había durado bastante.

–Lo siento por su casa –dijo en un momento dado una voz a sus espaldas.

Nestor se volvió; era la señora Covenant.

El jardinero se puso de pie con dificultad. La pierna, maltrecha a causa de la vieja herida, le devolvió un pinchazo de dolor.

–No se preocupe –le respondió–. En realidad no era mi verdadera casa.

–Podemos hacer que le construyan otra –continuó la mujer con la voz temblorosa–. Aunque sus cosas me... temo que han quedado destruidas.

–Bueno, no había nada importante allí dentro –mintió el jardinero.

En aquel incendio se habían quemado muchos recuerdos y libros imposibles de encontrar, como el *Manual de los lugares imaginarios,* el *Catálogo razonado de los libros inexistentes,* el *Inventario alfabético de los objetos imposibles,* el *Diccionario de las lenguas olvidadas,* el *Manual de botánica fantástica...*

–Y en cualquier caso... no son más que objetos. Siempre se pueden volver a comprar –concluyó encogiéndose de hombros.

–Estoy de acuerdo con usted, Nestor.

–No se preocupe, de verdad.

La señora Covenant oyó que la llamaban. Se disculpó y se fue corriendo, en parte quizá también para evitar tener que continuar con aquella conversación.

El jardinero tenía la cabeza de la pescadora entre las manos. Trató de pegarla al cuello de la estatua, pensando en cómo arreglarla. Al final renunció, murmurando una imprecación, y la apoyó en la mesa que había allí cerca. ¿Tenía algún sentido intentar arreglar siempre las cosas, esperando que no cambiaran nunca?

Quizá no.

Quizá, realmente, no tenía ningún sentido.

Nestor dejó a sus espaldas el porche y contempló la escalera, de cuyas paredes habían descolgado los retratos de sus antepasados. Con mucho cuidado de no pisar a su abuelo, cuya tela yacía aún junto a los escalones, subió al piso de arriba.

Empujó la puerta de espejo de la habitación de la torre y encendió la luz.

Sus ventanas. Su escritorio. Sus maquetas de barcos. Sus pequeños diarios de viaje… Reunió apresuradamente estos últimos y se procuró una mochila para poder llevarlos consigo.

Después acarició la madera del escritorio y admiró por última vez el paisaje marino desde la torre.

La bahía de Kilmore Cove parecía haber vuelto a la normalidad, con las olas saltando a lo largo de la playa. En el cielo asomaba la luna.

Nestor bajó al piso de abajo para coger la chaqueta de capitán y la caja de las llaves del lugar donde Julia le había dicho que las había escondido a su regreso de El Dorado. Se puso la chaqueta, que le quedaba como un guante, abrió la caja para coger cuatro llaves y metió las demás en la mochila.

Se acercó a la Puerta del Tiempo de Villa Argo. Se hallaba engastada como una joya en la pared más antigua de la casa. Estaba negra, como si alguien hubiese intentado quemarla. Y llena de arañazos, como si alguien hubiese intentado arrancarla de allí.

–Aligátor –dijo Ulysses Moore mientras introducía la primera llave en la cerradura–. Pájaro carpintero, rana y erizo.

Se detuvo solo un momento, como si hubiera querido despedirse de alguien o decir una última palabra.

Después desapareció en la otra parte, como si no hubiera existido nunca.

ULYSSES MOORE
La **boca** *de* **piedra**
Turtle Park

ÍNDICE

Si queréis entrar en Villa Argo
y descubrir todos sus misterios, visitad el sitio:
www.ulyssesmoore.it

ESTE LIBRO HA SIDO IMPRESO
EN LOS TALLERES DE
LIMPERGRAF. MOGODA, 29
BARBERÀ DEL VALLÈS (BARCELONA)

K

while the a... represent the ...
the aggregate they ... faithful service to you
and his pay for faithful service to you

RECEIVED PAYMENT

CARRIER, ROUTE NO.

191

DATE

.15